[日]卡

[日]吉田尚令——绘

陈 圆 ——译

小狗
白面包

浙江文艺出版社

Zhejiang Literature & Art Publishing House

目录

1

郁金香上的文字

一片洁白的花瓣，掉落在地板上。

郁金香的花瓣不像樱花，它掉下来时带着一点重量，噗的一声，又在地板上翻了几个滚，最后贴在了墙壁上。

"好漂亮啊！这些都是小勇种的吗？这么多花，该插到哪儿呢？我还是去护士站借个花瓶过来吧。"

妈妈抱着花束开心地转了个圈，没有注意到那片掉在地板上的花瓣。小勇得了流感，已经住院两个星期。之前一直没有同学来医院看他，今天好不容易来了两个班委，妈妈高兴坏了。

看着妈妈高兴的样子，小勇感觉很烦躁，故意尖着嗓子说：

"你别去借！"

"为什么呢？"

"没有为什么。你不要给护士们添麻烦。"

"啊，原来小勇担心的是这个啊。不用担心，妈妈跟护士们已经是朋友了，只要说一下就行。"

她没有注意到小勇烦躁的神情，一边笑着，一边说道。

小勇上三年级的时候，妈妈开始在一家宠物医院做宠物护士。这是镇上唯一一家宠物医院。所谓宠物护士，简单地说，就是照顾动物的护士。虽然照顾的对象不同，不过大家都是护士嘛，所以她很快就跟照顾小勇的护士打成了一片。

为什么妈妈总是这么惹人烦！

等妈妈离开病房后，小勇无意中看向贴在墙壁上的花瓣，发现那片花瓣上有个不起眼的污渍。他下床捡起花瓣，仔细看了看。

不是污渍，而是一个字："校"。

应该是用最细的圆珠笔写的，虽然墨有点洇了，但还是能认出来。

小勇看看手上的花瓣，又看看放在桌上的花束。花束是五颜六色的郁金香，红、橙、黄、粉、白、紫，被包裹在漂亮的包装纸里，好看极了。

花瓣上为什么会有字？这片花瓣是从哪朵花上掉下来的呢？

小勇慢慢地翻弄花束，很快找到了那朵花。里层三片，外层三片。这朵郁金香原本有六片花瓣，现在掉了一片，就像一个人掉了一颗门牙一样，看上去傻乎乎的。

小勇从花束中抽出那朵花，仔仔细细地打量起来。从外表看，它只是缺了一片花瓣，并没有其他特别的地方。他用手指轻轻拨开花瓣，发现每片花瓣上都有一个字。

"要"。

"学"。

"来"。

"到"。

"不"。

"不要到学校来！"

当这六个字连起来的瞬间，小勇惊讶地喊了出来。他突然觉得睡衣下面似乎有好多好多的小虫子在爬，全身呼的一下起了鸡皮疙瘩。

花束一共有三十四朵郁金香。小勇所在的六年三班一共有三十四个学生，作为生物委员，他为班级里的每个人培育了一朵郁金香。他刚培育那些郁金香的时候，它们还只是球根，而等到他入院前，都已经长出花蕾了。

小勇忽然有些害怕，开始查看其他的郁金香。他把郁金香一朵一朵地抽出来，端详起来。

没有，每一朵都没有异常……

每一朵郁金香，都对应一名同班同学的身影。小勇把剩余的三十三朵郁金香都检查了一遍，发现花瓣上写字的只有刚发现的第一朵。

到底是谁干的呢？

小勇第一个想到的，是青山晃太郎。晃太郎是班里的小头头，性格大大咧咧，脾气火爆易怒，大家都很怕他。可以说，他是班里的主宰者，正是经常欺负小勇的罪魁祸首。

小勇再次拿起那朵写了字的郁金香。

不要到学校来！

明明是非常粗暴的语言，字迹却圆润可爱，让人看着心生喜欢。或许是为了不让人看出端倪，那个人特地用了与平时不同的笔迹吧。小勇用颤抖的手指一片一片摘下写着字的郁金香花瓣，团在手里紧紧握住，最后充满怨恨地把它们扔进了垃圾箱里。

小勇第一次知道原来花瓣上还能写字，但是比起惊

诧，他更感到愤怒与害怕——原来有人对自己怀着这么大的恶意，竟然从学校一直追到了医院！

哈哈……哈……哈……哈哈……

心脏好痛！怎么回事？我的病不是快好了吗，为什么感觉有什么东西压在胸口，都喘不上气来了？

小勇使劲地摩挲自己的胸膛，但还是感觉呼吸困难。他的胸口很疼，耳朵也很疼，似乎有某种尖锐的金属声在耳边炸开了。他的全身都沁出了冷汗，脑海中一片空白，只觉得自己的手脚和嘴唇都渐渐地失去了知觉。病房里的景象突然扭曲了起来，所有的事物都褪去了颜色，不管是墙壁、窗帘，还是郁金香，一切的一切都沉到了黑白的世界中。

哈哈……哈……哈……哈哈……

太难受了，胸口好疼，有什么东西狠狠地揪住了自己的心脏。肯定是过度呼吸发作了，每次太紧张就会这样。可是怎么会这样？明明已经好久没有发作过了。

小勇流了好多冷汗，身体像被冻住了一样。

啊，对，袋子！用袋子放在嘴边来辅助呼吸！

小勇拿出便利店的塑料袋，套住自己的鼻子和嘴巴，慢慢使自己冷静下来。这是他之前学过的应对过度呼吸的方法。

妈妈说过，郁金香的花语是"爱"与"关怀"。可是对现在的小勇来说，这就像一个笑话。他套着塑料袋，仰躺在床上，回忆起入院之前那些不愉快的事情。

去年春天，小勇还是五年级的学生。班级组织同学们一起坐大巴去县外的一个公园远足，这个公园以各种鲜花闻名。

盛开的郁金香将公园挤得满满当当，热烈欢迎各位小朋友的到来。所见之处，尽是绚烂斑驳的色彩。同学们被郁金香浓郁的芬芳包裹着，都不知道应该说些什么才能表达内心的震撼。

"我们三班，也来种郁金香吧！"

那次远足带来的感动深深地刻在了同学们的脑海里，所以在新学期的第一次班会上，有人这样提议。晃太郎第一个表示赞同。

"这个建议不错！赞成的同学，请举手。"

班主任深谷老师环视一圈，看到几乎所有人都举起了手。

"那好，那我们就种郁金香。班里的生物委员是谁来着？"

深谷老师摆摆手，示意大家安静下来。

"是矢野勇气同学。"

"以后就由矢野君来负责照料郁金香，每个同学也要帮忙看好自己的那一株哟。"

"知道了，老师！"

大家用明快的声音齐声回答道，每个人看上去都像天使一样。

然而，小勇却看到一道道冰冷的视线在教室里飞舞，交织成一张邪恶的蛛网。蛛网紧紧裹住小勇，越收越紧，没有留下一丝可以逃脱的缝隙。

深谷老师性情和顺，基本上不会发脾气，而且为人过于单纯。对晃太郎来说，他是一个很好对付的老师。

趁着老师不注意，晃太郎从前面转过脸看着小勇。

"听到了吗，矢野？你之前把我们的金鱼弄死了，已经犯过一次罪。这次，可别把郁金香再养坏喽！"

这句话像一把尖锐的小刀，狠狠地插进了小勇的胸膛。

之前班级里养过金鱼。那是某个同学从庙会的金鱼摊上买来带到班级里的，一共三条，也不知道怎么回事，后来就成了班级所有人的宠物，并且交给小勇这个生物委员来饲养。

小勇刚开始时一点儿都不愿意养它们，但随着相处时间的增加，他越来越宝贝这三条金鱼。可是有一天，这些金鱼突然就死了。当时小勇与它们已经有了非常深厚的感情，难过得不得了。

为了给金鱼喂食，小勇每天早上都第一个到班级。那天，他刚进教室就发现水槽里的水的颜色与平时不太一样，还不断冒着异样的水泡。水槽里没有金鱼的身影，只有水草在孤独地摇曳。

"怎么回事？难道是金鱼被偷了吗？"

小勇心头一紧，快步走了过去，一看才发现自己错了——三条金鱼确实没在水中，它们浮在了水面上。原本鲜红艳丽的金鱼身上呈现出异样的白色，肚皮朝上，一动也不动，透亮的黑眼珠已经变得浑浊。

这简直是晴天霹雳！小勇那么喜欢它们，还给每一条都取了名字，现在却眼睁睁看着它们死在了眼前。他极力忍住眼眶里的泪水，把水槽里的水端到洗手间倒掉。可就在这时，他闻到了一股微弱的刺激性气味。这气味跟游泳池里的一模一样。小勇掬起一捧水，凑近鼻尖仔细闻了闻。没错，确实是氯化物的味道。他可以肯定，是有人故意在金鱼的水里加了消毒水。

最后，小勇来到校园里一个偏僻的角落，想把金鱼们的尸体好好埋葬。这时，晃太郎狞笑着过来了。

"嘿，同学们！不得了啦，俺们的金鱼都死光光啦！"

晃太郎大声嚷嚷起来，声音传到了校园里的每个角落。

从那之后的很长一段时间里，班里的同学给小勇起了一个外号，叫"金鱼杀手"。小勇明知道自己是被冤枉的，可也没有办法，根本没有人相信他。

有了这么一次前车之鉴，小勇想着这次无论如何都不能再出错了。他特地去图书室借了一本叫《郁金香的培育方法》的专业书，还把书里重要的内容都摘录到笔记本上，将一个个要点用彩色荧光笔分别标示出来。也正是通过这本书，小勇才第一次知道，原来郁金香从球根状态到开花需要花费半年多的时间。

十月中旬，小勇和深谷老师一起用班费买来花盆、肥料以及三十四个郁金香球根。五年级三班正好有三十四个人。大家一起将郁金香种下去，一起看着它们一点一点地慢慢长大。

不过，郁金香长得实在太慢了，好多同学逐渐没了耐心，也不再给它们浇水。等过了两个月，他们对郁金香的热情彻底冷了下来。午休时，再没有人会过来看自己的郁金香一眼。他们都早早地都飞奔到操场去了，只留下小勇一个人给三十四株郁金香浇水。晴天时，小勇就把郁金香搬到光照好的地方晒太阳；下雨时，就把郁金香搬到屋檐下避雨。

就这样一直到了第二年三月，郁金香终于发了芽。这时，小勇已经从五年级的学生变成六年级的学生。他的同班同学还是那些人，他也还是班里的生物委员。

到了四月下旬、五一放假前两天的时候，郁金香终于冒出了小花苞。那天早上一起来，小勇就觉得自己有些发烧，不过还是坚持着去了学校。他想着热度过一会儿应该就会退去，可惜没有如愿，不但热度一点都没下去，他的头还在上课时变得越来越重。等到第三堂课时，他甚至想吐了。

深谷老师正在写板书，小勇举起了手。

"你怎么了，矢野君?"

看到大颗大颗的汗珠从小勇的头上和脸上冒出来，深谷老师赶紧跑到他的身旁。

"大家不要吵，接下去开始自习。"

深谷老师把小勇抱在胸前，往医务室走去。这时，小勇听见有人在旁边小声议论。

"是不是新型流感啊?"

"你是说前段时间新闻里说的那个？妈呀，那个好吓人!"

今年出现了一种新型流感，现有的疫苗对它都不管用。很不幸，小勇成了学校里第一个得这种病的人。

得知自己需要住院治疗的时候，比起学习进度，小勇更担心的是郁金香。自己不在，那些花该怎么办，会有人给它们浇水吗？

这个教室里有鬼

小勇家位于日本九州一个偏僻而宁静的小镇上。小镇的名字叫"野一色",它被大山和平原包围着。镇上的建筑都不太高,于是这所八层楼高的医院就成了小镇的地标性建筑。

医院的住院部是新建的,每个病房都既干净又明亮。小勇住的是一个不到五平方米的单人间,房间里除了一张床,还有一个小餐具柜、一个小衣橱和一台电视机,是一间普通至极的病房。不过因为是在顶楼,从窗户望出去的风景还是很不错的。

妈妈回到病房,怀里小心地抱着一个花瓶。

"小勇，妈妈刚和护士们喝了一会儿茶，回来晚了。哎呀，你睡着了?"

妈妈捡起滑落的小毯子，重新盖在小勇胸前。小勇连说话的力气都没有，只能继续装睡。

花瓶被放在了窗边的桌子上。妈妈折腾了一大圈，最后插进花瓶的也不过七朵郁金香。

"果然像郁金香这种大朵的花，还是插在花瓶里好看，像画一样。"

妈妈自言自语着，还打算把剩下的郁金香带回家摆在玄关和餐桌上。

小勇一点儿都不想看到这些郁金香，然而看着它们在窗边乘着春风摇曳的姿态，他的心反而平静了下来。护士们还给了一些满天星，在它们的簇拥下，郁金香变得格外好看。

医院里的日子乏味而没有变化，小勇只能躺在病床上无聊地度过每一天。检查和治疗都在上午，到了下午他一般就看看书或者电视来打发时间。有时候，他也会做数独或默写汉字，但是在床上待着实在太痛苦，所以总坚持不了太久。

"今天感觉怎么样?"

第二天的黄昏，妈妈又来了。

"还行。"

小勇不置可否地回了一句，就不想再搭理她了。

"小花，你们也很精神嘛！"

妈妈一边用手指抚摸郁金香，一边打开衣柜的门。她熟练地把要洗的东西装进纸袋子里，又把新的内衣裤和毛巾等摆上去。

风从窗外面吹进来，似乎在邀请房间里的人去欣赏春日。妈妈扶着窗沿，微微眯上眼睛。

"呀，是吉野樱！"

住院部下面是一条小河流，在小河两岸上齐齐整整地种着一株株樱花树。现在已经是五月中旬，樱花已经凋零，只剩郁郁葱葱的嫩绿叶子。

"只有叶没有花的樱花树，看着总让人有些寂寞。四月初的时候，它们肯定开得很漂亮吧。"

小勇一直没发现，小河边的树原来是樱花树。从那些树下走过的行人，也都不曾抬头看过只有绿叶的树。只有在每年开花的时节，樱花树才会被人注意和欣赏。

"这个小镇也变了很多呢。妈妈小的时候，镇上到处是水田、菜地什么的，压根没有像公寓或医院这样的高层建筑，只有一望无际的绿色。小勇，你知道吗，据说'野一色'这个名字就是这样来的——田野一色，满眼都是绿色。"

"你编出来的吧?"

"真的!你外婆跟我说的。所有东西的名字都有着自己的意义。小勇,你的名字也一样有意义哦。"

每次来病房,妈妈几乎都在自言自语,反正她说够了就会心满意足地回家去。

经过治疗,小勇的身体慢慢恢复了。可随着病情的好转,他的心却一点一点沉了下去。

小勇想,要是能一直生病就好了,要是没有学校这种地方就好了,要是没有六年级三班什么的就好了。他多么希望一觉睡醒,就发现自己转到了别的学校,转到一个没有晃太郎的班级。如果能那样,该多幸福啊。

插在花瓶里的郁金香,在第四天枯萎了。

又过了两天,妈妈下班后来到病房,她看上去很开心。

"太好啦!小勇,明天你就可以出院了。"

这段时间,小勇的体温已经降到正常范围内,也不再咳嗽了。

"得给你的同学们送点东西。嗯,送什么好呢?还是买文具吧。不要太卡通的,毕竟是六年级的学生了。"

小勇轻轻地叹了口气,真是受不了妈妈激动的样子。

"送东西？"

"之前你同学不是过来看望你了吗？让他们担心了，当然要感谢了。"

担心？班上的每个人，不可能真的为我担心。

"妈妈，你能不能不要自作主张！"

看到小勇突然大喊起来，妈妈吃惊得睁圆了眼睛。

"这是怎么了，发生什么事了吗？"

"什么事都没有。不要乱花钱了，妈妈，你还有钱吗？这次住院，花了很多钱吧？"

"哎呀，你一个小孩子，不要担心钱的事。你别看妈妈这样，我也是有些存款的。对了，你们三班一共是三十四个人吧？总之，我先按这个数自己看着买点了，好吧？"

小勇觉得妈妈此时的善意和温柔都是假的。他记得很清楚，小时候即使自己哭了，妈妈也不会看一眼，只有外婆会来抱自己。所以，绝对不能被她现在的善意攻势给骗了。

出院那天，一直照顾小勇的医生和护士送他出院。

"矢野，祝贺你出院！今天外面的天气特别好，能在这样的天气出院简直太好了。从明天开始，你就能健健康康地去学校了。"

其中一个护士一边拍着小勇的肩膀，一边笑着说道。

妈妈站在小勇的身边，抱着装睡衣和小毯子的纸袋子，不住地点头致谢。

小勇在医院里刚好待了三个星期。离开前，他再次环视病房。病房还是那么小，但无论是消毒水的味道、墙上的污渍，还是从窗外射进来的阳光、在风中摇摆的窗帘，每一样都令人欢喜。这个病房，是小勇可以安心待着的世界。

第二天，小勇被母亲领着去了学校。他的身体已经康复，心情却很糟糕，背上的书包像灌了铅一样沉重。眼看学校越来越近，他觉得自己的心脏简直都要跳出来了，咚咚咚的，好像直接敲击着鼓膜。

小勇走得越来越慢，渐渐地和妈妈拉开了距离。

"小勇，你是不是想快点见到小伙伴们啊？"

妈妈笑着回头问。在这个瞬间，小勇觉得她变成了一个陌生人。

古朴的学校大门上挂着门招牌，上面用毛笔写着"野一色镇野一色公立小学"几个大字。可对于现在的小勇来说，它浑似地狱的入口！

妈妈先带着小勇去了教师办公室。她不断地向班主任深谷老师道谢，然后递过去两个纸袋子：其中一个装着送给老师们的点心，另外一个装着送给小勇同班同学们的笔记本和铅笔，正好三十四份。

"哎呀，这些东西以后别送了。"

深谷老师一边摇头摆手，一边还是爽快地把东西接了过去。

时隔三个星期，小勇和深谷老师一起向六年级三班走去。

"这个五一假期很遭罪吧？幸好本来就是放假，学习进度倒也不会落下太多，以矢野君的能力，很快能赶上来的。这真是不幸中的万幸。"

上楼时，深谷老师说着没有意义的安慰话，还拍了拍小勇的肩膀。

"对的，对的。矢野君也想要参加附中的升学考试吗？"

还有十个月，小勇就要从野一色小学毕业了。

小勇其实对这个班级没有一点归属感，也没有任何留恋。不出意外的话，大部分同学小学毕业后都会去野一色公立中学，但小勇打算去参加位于相邻城市的国立教育大学附属中学的升学考试。国立教育大学附属中学简称"附中"，偏差值①高达68，是县②里数一数二的好学校。他暗暗思考过，私立学校的学费太贵，但像附中这样的国立学校，只要交跟野一色公立中学差不多的学费，不会给妈妈增加太大负担。

"升学考试是明年一月，还有很多时间。不过要想合格，学校出具的推荐表也是很重要的。"

"推荐表？"

小勇第一次听说这个东西，不由得反问。

"嗯，是记录平时学习成绩、学习态度的一张表格。对了，暑假前还会有四门考试，那些成绩也是要记在推荐表上的。"

小勇想，看来想上附中，只凭升学考试时的成绩似乎还不够。考试这件事，突然变得迫在眉睫。他看着深谷老师的脸，一脸坚定地回复：

"我会努力的。"

---

① "偏差值"指相对平均值的偏差数值，是日本人对于学生智能、学力的一项计算值。通常以50为平均值，75为最高值，25为最低值。偏差值在50以上，属于较好成绩；偏差值在60以上，可以上较好的大学。

② "县"是日本的行政区划之一，行政级别相当于中国的"省"，全日本共有43个。下同。

"以矢野君现在的成绩，肯定没问题，哈哈哈。"

伴随着深谷老师的笑声，六年级三班的教室出现在小勇的视野中。他刚在教室门口站定，就感到一种异样的气息。教室里所有人的脸上都戴着一个大大的口罩，正默默地盯着他。小勇被他们的气势压迫到，大吃一惊，恍惚间觉得自己的身体都动不了了。

"同学们快坐好。矢野君也别站着了，快进来。我跟他们说过这有点太夸张了，不过没办法，在你之后别的班级里又有好几个人感染了新型流感。唉，你也别在意，就当这是一般的应对方法。"

深谷老师找了个借口，嘿嘿地笑开了。小勇看到走廊上别班的学生根本没有一个人戴着口罩。

"矢野君被医院无罪释放，从今天开始，又将和大家一起在这个教室里学习了。"深谷老师开玩笑地说道。

无罪释放……难道生病是一种罪吗？老师不经意的一句话，深深地伤透了小勇的心。

"嘿，矢野！好久不见！"

"祝贺你出院！"

有几个同学拍起手来，然而小勇在拍手声中听到不知道是谁发出的一声"切"。

开始上课后，教室里变得异常安静，连平时总爱窃窃

私语的女生也不讲话了。只有深谷老师写板书的声音，响亮地在教室里回荡。

下课后，同学们都摘下口罩，纷纷朝教室外跑去。

"啊——戴口罩太难受了。"

"没办法，我妈说必须要戴。听说得了新型流感的人，有一半以上都会死呢。现在日本已经死了好几个，但是怕引发国民的恐慌，新闻都不报道真相了。"

"哇，这样啊？那矢野的运气还算好喽？"

走廊里的声音传了进来。

"好什么呀，是厄运！谁知道呢，他看上去是恢复了，身体里的细菌指不定还等着随时散播呢。"

"这样的话，还是不要接近矢野比较好。"

小勇趴在书桌上，极力忍住内心的愤怒。如果今天的时间能一百倍快地结束，该多好啊！如果能像脱掉衣服一样摆脱这个学校，该多好啊！

欺凌是从什么时候开始的呢？又是出于什么原因呢？

小勇试着问自己，他想不出明确的动机，隐隐约约觉得可能跟一件小事有关。

他是在上了五年级、和青山晃太郎同班之后，才开始被全班同学排斥的。可能因为成绩比较好，小勇一直很受老师喜爱。另外，他低年级时就在县里的书法和绘画比赛中得过奖，并作为学校的艺术生代表演奏过钢琴。因此，获得老师的青眼也没有什么奇怪的。

当时班级里流行上课传小纸条，纸条上写的都是些无聊的事情。小勇每次接到后看都不看，直接递给后面的同学。除了上课传小纸条外，班级里还流行下课休息时开"吃货的秘密大会"，一帮人偷偷地聚在一起，交换着吃各自带来的糖果和口香糖等。这个小团体，小勇也没有参加。

有一天，从青山晃太郎那里传来了一张小纸条，上面画的是一个老师的肖像。小勇扫了一眼，心里顿时起了反感。

"不好意思，这个我不能帮你传。"

"啊？你个书呆子，你不过是个中转人，快传给后面!"

晃太郎用铅笔尖扎了一下小勇的手。

后来也不知道什么时候，不管是上课时的小纸条，还是下课后的"吃货的秘密大会"，都没了踪影。

那么，真的会因为这一件小事就引来青山晃太郎的报复，招致全班同学的反感吗？如果真是这样，那人类这种生物简直太残忍了。小勇感到悲伤。

在此之前，小勇就是一个很爱学习的孩子，在感受到同学们的敌意之后，他就越发躲着他们，只一心一意地准备附中的升学考试。

"听说矢野的妈妈在夜总会里工作呢！"

"听说矢野连爸爸是谁都不知道呢！"

上了六年级后，班级里开始有了这些谣言，而散播这些谣言的正是晃太郎，估计他是从辽介口中打听出来的吧。

辽介和小勇是幼儿园时的同学，也曾是最好的伙伴。他们从小在一起玩，室内游戏自不必说，像幼儿园里的沙堆、滑梯、跳台什么的，都一起挑战过。后来上了小学，他们的关系依旧很要好，直到三年级，辽介和晃太郎成了同班同学……

小勇的妈妈确实在夜场工作，辽介应该也知道这一点。每逢幼儿园里召开发表会或举办"家长参观日"，只有他妈妈一个人打扮得花枝招展，和别人格格不入。尤其是看到她在角落里慢慢抽烟的时候，别的妈妈们总是皱起眉头，悄悄地交流一些闲言碎语。关于这些，小勇都还记得。

"什么是夜总会？"

"就是一些色老头一边喝酒，一边和女人调情的地方。"

"真的假的？那矢野的妈妈不是也很色情?"

"那当然，色得不得了!"

几个男同学聚在教室的角落里，故意用小勇能听见的声音议论着。

夜总会到底是个什么样的地方？小勇不知道，也不想知道。

在上小学之前，他和妈妈住在外婆家，三个人一起生活。那时候，妈妈总是睡到下午才起床，屋子里到处散落着脱下来的衣服和垃圾。等到傍晚小勇从幼儿园回来，他看到妈妈正坐在镜子前化着浓浓的妆。东涂涂西抹抹后，她就成了一个完全陌生的人。

小勇记得妈妈总是在大半夜里醉醺醺地回家。送她回来的出租车里必定还坐着一个男人。她的身上缠绕着酒精和香烟混合的味道，那是夜晚的味道，令人作呕。那些画面就像一幅幅惨烈的油墨画，直到现在依旧深深地印在小勇的脑海里。

因为妈妈的原因，同学们对小勇欺负得愈加厉害了。

也因此，小勇在内心深处的某个点上总是无法原谅妈妈。

上午的课程结束后是午饭时间。

同学们把桌子拼在一起，自发分成一个个小组。到了这个时候，口罩肯定是要摘的。有些人一边说话一边吃，有些人把不喜欢的蔬菜挑到一边，有些人安安静静地往嘴巴里扒饭。大家吃饭的样子各不相同，唯一相同的是，谁都不愿意和小勇一组。小勇一个人吃，偶尔能感受到某些人投来的冰冷目光。

　　放学后大家正准备收拾东西回家，学习委员汤浅真知拍了拍小勇的后背。

　　"矢野，你的身体能恢复真是太好了。住院那么长时间，我们都很担心你呢。"

　　真知一边笑着，一边摘下了口罩。她把垂到肩膀上的长发往后拨了拨，小勇闻到了一股甜甜的花的香味。

　　"你把口罩摘了没事吗?"

　　"没事，没事！你不是已经恢复了吗？晃太郎要求我们所有人都必须戴口罩，没办法，我也只能配合着戴上了。这根本没有任何意义，真是傻透了。可我却没能反抗，真是讨厌这样的自己啊。"

　　真知扑闪着一双大大的眼睛，长长地吐出一口气，白嫩嫩、胖乎乎的脸颊跟金花鼠似的。她性格开朗，特别爱笑，对谁都很和气，班上不管是男生还是女生，都很喜欢她。

"对了，忘了道谢了。谢谢你们在我生病的时候来看我！"

"哈哈，这是应该的，我们都是同学。说起来，那些郁金香很漂亮吧？你住院的这段时间里，我一直帮忙浇水来着。"

据真知说，在小勇生病期间，她暂代生物委员的工作，看到郁金香一齐盛开后特别激动，就向同学们建议把花送去医院给生病的小勇打打气。

"每一株郁金香都包含了一个同学的祝福呢，矢野，你不觉得很棒吗？"

"……嗯，谢谢。"

在自己不在的时期里，郁金香不但没有枯萎，最后反而开出了这么漂亮的花。对于这一点，小勇发自内心地感到开心。

"幸亏它们都开花了！如果就那样干枯死掉，我可是责任重大啊。我一直想着，一定、一定要把花带给你看一看，因为一直是你为我们尽心尽力地照顾着这些郁金香。"

听说为了给花浇水，真知连五一放假时都来学校了。

"哎呀，糟了！今天我还有课外辅导班，得先走了。矢野，明天我一定不戴口罩来。在辅导班上碰见美笑和千帆，我也会叮嘱她们的。你明天也要健健康康、精神饱满

地来学校哦！我走了，拜拜！"

真知纤细的手指不住摇摆。她的笑容就像魔法一样，将带有不祥印记的郁金香变得清新且美好。小勇的心情突然变得轻松许多，之前的不愉快似乎只是一场梦。

多亏了真知，他的明天将不再黑暗。

从学校到小勇家是一条田间小道，等待收割的麦穗在风中轻轻摇摆。这里的平原一年种两季谷物，梅雨前种小麦，梅雨后种水稻。以往这时就是梅雨季了，但今年还没有半点要下雨的迹象。

小勇朝着广阔的天空伸出双手，深深地吸了一口气。

肖邦和白面包

　　小勇家附近有一座小小的神社，叫"寿贺玉神社"。它位置偏僻，从大马路进来后还要走一条小道，所以很少有人来参拜。大家都说这个神社一点儿都不灵，即使参拜了也没什么用，于是给它起了个别名，叫"破落玉神社"。

　　小勇从神社前的小道经过，听到旁边草丛里传来一阵窸窸窣窣的声响。他还没反应过来到底怎么回事，眼前突然蹿出一只黑色的狗，像离弦之箭一样跑远了。紧跟着，又有两只褐色的狗从草丛中钻出来，紧紧地追在黑狗的后面。

　　小勇吓了一跳，脚步一乱，差点摔了一跤。

跑在前面的黑狗是一只还没有长大的小狗，嘴里正叼着什么东西。仔细一看，原来是一片白面包，看来这是一场狗狗们的夺食大战啊。三只狗纠缠在一起，很快消失在了神社深处。

　　小勇有些担心，跟了过去，躲在神社大门口的柱子旁偷偷看着。结果那只小黑狗在神殿里转了一圈后，又朝小勇的方向跑回来，最后竟然选择躲在了小勇的身后。另外两只狗也不甘落后，紧跟了过来。于是，小勇就不得不正面面对两只野狗。

　　野狗开始狂吠，亮出尖牙。小勇的身体僵住了。

　　两只野狗明显饿了很久，浑身上下仿佛写着"我很饿"几个大字：肋骨根根分明，腹部像一个空罐子一样深深地凹了进去；岔开的毛纠结成一团，没有半点光泽；大滴大滴的口水正从张开的嘴巴中不断淌出，顺着长长的大嘴啪嗒啪嗒地往下滴。

　　这两个家伙看着太吓人，不会得了狂犬病吧？

　　"喂，这可跟我没关系啊！"

　　小勇把身子往旁边一挪，没想到小黑狗也如影随形地跟了过来。这个胆小鬼，倒还挺机灵！他瞬间下了决心，把书包从背上解下来，开始用力地抡起来。

　　"呀！你们快走开！"

小勇知道如果不把这两只狗赶跑，自己也会很危险。书包带甩到一只狗的鼻子，那只狗发出一声惨叫，竟然退缩了。

形势逆转！

躲在小勇身后的小黑狗也开始叫起来，似乎在为他助阵一般。然而，另一只狗冲了上来，开始狂吠。小黑狗夹着尾巴，迅速又退了两米远。

"混蛋！滚那边去！"

小勇觉得自己倒霉透了，为什么会碰到这种事呢？

"你这只小狗，快把嘴里的面包给它们！"

小勇想用脚去够小黑狗嘴里的面包，不承想，对方一个转身麻溜地躲开了。呵！胆子不大，躲起来倒是很在行嘛。

他把书包抡得跟风车似的，偶尔还真能砸中两只野狗的脑袋，就像那个用锤子打地鼠的游戏一样。砸了几次之后，野狗投降了。它们一步一步地往后退，然后一个转身，急匆匆地从神社里逃窜了出去。

霎时间，小勇浑身虚脱，一个屁股蹲儿坐在了地上。悬着的心终于放下，一阵冷汗爬满了他全身。

"真是太倒霉了，这里不愧是'破落玉神社'啊！"

这样的神社里肯定没有什么神仙，小勇不禁在心里吐槽。他转头一看，那只小黑狗正躲在稍远处，专心致志地吃着嘴里的那片面包呢。面包上长满了霉斑，但是小黑狗一点儿都没在意，大口大口地吞了下去。

小黑狗耷拉着耳朵，还是塌鼻子，看着一点儿都不精神，所幸这张脸倒也不招人烦。每次撕咬面包的时候，脸上松弛的皮肤跟着一颤一颤地晃。它虽然瘦，但身体骨架看着挺大，四条腿很粗壮。睫毛长长的，衬得大大的黑眼睛格外惹人怜爱。看它心无旁骛吃面包的样子，十足是一只天真无邪的小狗崽。

小勇看不出小黑狗是什么品种，估计是什么不知名的小土狗吧。

"喂！你这只小狗有点良心好不好，我差点被你害死了呢！"

小勇敲了一下小黑狗的脑袋，它好不容易才抬起头看过来，鼻子里还发出不满的哼声。

"你的腿是不是受伤了？被那两个家伙咬的吧，没事吧?"

小黑狗右大腿上的毛都被血染湿了，幸好现在血已经止住了，它看着也不是很痛。

这个小家伙也受欺负了……

小勇看着它，不知道为什么想到了自己，心里难过起

来。它和自己好像啊。

吃完白面包的小黑狗一副还没吃饱的表情，茫然地望着小勇。

"我身上什么都没有，你走开吧。"

小勇挥挥拳头，小黑狗麻溜地一转身，躺在地上露出圆乎乎的小肚子。它以为小勇在和自己玩游戏，躺在地上快乐地甩起尾巴来。

趁着这个间隙，小勇拔腿就跑。没想到小黑狗紧紧地跟了上来，缠在他的脚边。小勇顺势用右脚脚后跟踢它，小黑狗发出一声惨叫。即使这样，它还是继续追在后面。小勇没办法了，只能往神殿里冲去。

神殿东侧有一丛毛竹，长得比神殿本身还要高许多。郁郁葱葱的叶子连成一片，挡住了阳光，在地上投下一片浓重的阴影。神殿的年岁很久了，里面弥漫着一股霉味。一般人闻到这个味道都会蹙起眉头，小勇却并不讨厌。

这是令人怀念的味道。

一直到小学二年级为止，小勇几乎每天都会来神社里玩耍。这里是他的游乐场。那时候，他的身边围绕着许多小伙伴，山西君、谷崎君、辽介……

"停，停！求你了，你可饶了我吧！"

小勇一停下脚步，小黑狗立马贴在了他的腿上。他再次环视神殿，发现这里真的很破败。要说它有一百年的历史，估计也会有人信吧。神殿的瓦楞屋顶上黑乎乎的，上面堆着数也数不清的落叶。神殿的壁板经过长时间的风吹雨淋，不是这儿翘起一块，就是那儿撅着一块。神殿后门那棵大麻栎树依旧繁茂，一到夏天就洒下花蜜，为周遭笼罩上一层幽微静谧的甜香。

"这棵树很厉害哟，是一棵宝树！"

小勇咚咚咚地敲着大麻栎树粗壮的树干。小黑狗一脸茫然地抬头看着他。

这棵树上藏着许多锹形虫和独角仙，它是属于小勇和辽介两个人的秘密。从小学一年级起，他们就在这里抓了许多只锹形虫和独角仙。二年级时，他们还抓到了梦寐以求的日本大锹——虽然是一只雌的，但小勇仍然很高兴。也正是那次，两个人被马蜂追着到处跑，最后多亏辽介不停甩着竹枝击退马蜂，保护了小勇。

小勇和辽介从幼儿园开始就是同班同学，一直形影不离。直到小学三年级时被分在不同的班级后，他们才逐渐不在一起玩耍了。所以在五年级换班时，当小勇再次看到辽介熟悉的脸庞时，他高兴坏了，不断在心里比"V"。他跑到辽介面前，想要和他击掌庆贺，然而辽介却移开了视线，他的身上流露出一股冷漠的气息。

辽介，已经成了晃太郎小团体中的一员。

"呜——"看着小勇黯淡下来的脸，小黑狗担心地叫出来。小勇靠着大麻栎树无力地蹲了下来。

"小家伙，你是不是也没有朋友?"

别说朋友，它可能连可以回的家都没有呢。比起它，自己至少不用担心今天晚饭的着落。从这一点来说，自己是幸运的。不知不觉中，小勇更加可怜这只小黑狗了。

"嘿，你要不要来我家?"

小勇刚说完就后悔了。

在上小学前，小勇和妈妈一起跟着外婆住。外婆家是一栋很旧的独门小院，但现在已经被拆掉，那里建了一幢崭新的公寓楼。外婆去世，是在小勇幼儿园毕业那一年。

外婆的葬礼刚结束，舅舅他们就把外婆的房子和土地卖给了别人。妈妈虽然一直反对，但到底还是没有守住那个家。小勇不知道外婆家最后卖了多少钱，反正舅舅他们只给了一丁点儿的搬家费，就像赶丧家狗一样把母子二人打发了出去。

现在，小勇和妈妈一起住在市政府建的安置房社区里，那是一幢四层楼高的钢筋水泥建筑，非常破旧。当然，社区里是绝对不能养宠物的。

我要是和妈妈商量商量，是不是就可以偷偷养呢? 妈妈在宠物医院工作，应该可以理解自己想养宠物的心情吧？小勇打算赌一赌。

"给你起个什么名字呢？没有名字，可不像话啊。"

小黑狗睁着一双圆溜溜的眼睛，胡子边上还残留着一些面包屑。

"那白面包上都没有一点黄油，亏你吃得下。啊，有啦！就起一个简单点的，叫'白面包'吧！"

说起来，就是因为这只小黑狗咬了一片发霉的白面包，才害得自己今天倒了这么大的霉。虽说这名字起得有些敷衍，但也挺有纪念意义的嘛。

"嘿，白面包！"

小黑狗立刻跳了起来。

"白面包，白面包，白面包，白面包……"

小勇像念咒一样，反复叫着这个名字。"包"字的爆破音清晰响亮，稍微大声喊一下，不管在哪儿都能听见。而且，这个名字听上去还挺有洋味儿呢。

"好嘞，就这么愉快地决定了！从今天开始，你的名字就是'白面包'！"

也不知道小黑狗到底听懂了没有，总之它精神抖擞地"汪汪"叫了起来。

白面包的骨架很重，看着这么小一只，抱起来却沉甸甸的，起码有二十多斤。小勇想，它可能属于某种大型犬吧。

夕阳西沉，周围迅速暗了下来。所幸白面包的黑色皮毛跟变色龙的保护色一样，他们一起走着倒也不引人注目。进到社区里，小勇马上把它抱在了怀里。

"拜托拜托，你可千万不要叫啊！"

小勇家在四楼的边角上，楼里没有电梯，必须从中间狭窄的楼梯一层层爬上去。小勇每上一层就先停下，站在楼梯拐角处竖起耳朵听动静。好不容易爬到四楼，他把身体紧紧贴在墙边，抻长脖子打量走廊里有没有人影。没有人！他赶紧跑到家门口，从口袋里拿出钥匙，快速打开门，溜进了黑暗的房间里。

他看了一眼挂在墙上的时钟，现在七点多一点。妈妈一般会在晚上七点半到八点之间回来。

小勇先把白面包放到地板上，然后来到厨房料理台边，从柜子里取出一个最旧的塑料容器。他接了一些水，放在白面包的面前。白面包咕嘟咕嘟地大口喝水，简直要把脑袋埋进水里去。小勇轻轻地抚摸着它的后背，它也没有半点要停下来的意思，看来是渴坏了。小勇把手抽回来，放在鼻子下一闻，一股臭水沟的味道。

"呀，你这家伙臭死了！今晚必须给你洗澡啦！"

他拧了拧毛巾，擦拭白面包的脚掌，软乎乎的小肉垫上是一层厚厚的污垢。

小勇拿着书包回到自己的房间，喝饱水的白面包也马上跟了进来。房间里有一张书桌、一张床、一个衣柜，还有外婆生前给小勇买的一架电子钢琴。这些东西将六张榻榻米大的房间塞得满满当当，甚至令人觉得喘不上气来。但这里是小勇的城堡。

拉开窗帘，映入眼帘的是远处夕阳中的美纳山脉。每年夏天，美纳山脉都会吸引许许多多的登山客来访。大山连着大山，雄壮而美丽，一直延绵到县境线上。小勇只要看一眼，就会感到自己的心灵受到了洗涤。如果是白天，从这扇窗向外还能看见纵向流淌的野一色河。微风从美纳山脉吹过来，穿过坦荡的平原，将一年四季的各种风景送到小勇房间的窗边。

要说居住环境，这里肯定没有以前在外婆家住时舒服。但是有了这扇窗，小勇享受到了无数的令人愉悦的美丽风景。

像以往一样，小勇在电子钢琴前坐下，静静地将手搁在琴键上。他卸下手腕和手指上的力量，想象自己正握着一个鸡蛋，把手掌自然地虚握成球形——教钢琴的老师曾表扬他这个姿势很好。

小勇轻轻地按下琴键，房间里即刻和音回响。这一瞬间可以忘记所有。

"钢琴，你懂吗？"

白面包一脸迷茫，抬头看着小勇。

三岁时，小勇有了一架玩具钢琴。他特别喜欢，一天到晚弹着小琴键。也不知道是被他感动了，还是受不了噪音了，外婆打算把他送去附近的钢琴兴趣班学习，每个月的学费也由她出。

"小勇，你以后要当钢琴家哦。"

外婆坐在钢琴兴趣班里，一边听着小勇很不流畅地弹奏《踩着猫了》，一边眯起眼睛。

在小勇的记忆中，外婆从来没有对自己发过脾气，她总是笑着。在小勇上幼儿园大班那年的圣诞节，她用自己存的退休金买了一架电子钢琴。这也是外婆送给他的最后的圣诞礼物。

上小学后，小勇一直独自练习弹钢琴。四年级时他参加了学校里的钢琴社团，从此可以每月两次放学后在音乐教室里继续学习弹钢琴。教授钢琴的是一位年近退休的女老师，大方稳重，气质很像小勇去世的外婆。

只要有时间，不管是在家里还是在学校里，小勇就会弹钢琴。最初，他弹钢琴是为了让外婆高兴；现在，他弹钢琴是为了支撑自己日渐崩溃的心绪。

四年级冬天，小勇学完了《拜厄钢琴教程》的曲目，后来又慢慢开始学《布格缪勒25首练习曲》《小奏鸣曲》等。现在，一些简单的古典钢琴曲，他基本上都能弹奏。

今天，他弹了《致爱丽丝》《少女的祈祷》，接着又弹了《小狗圆舞曲》。《小狗圆舞曲》刚一响起，白面包就大声地叫起来。

"嘘！不要叫。别人会听见的。"

为了不吵到邻居，小勇特地把钢琴音量调低过。白面包的声音可比钢琴声大多了，要是被人听见肯定完蛋。

小勇接着弹了下去。结果他刚一起头，白面包又开始叫了起来。它对贝多芬、莫扎特什么的都不感兴趣，唯独对肖邦的曲子有着异常的反应。

"嘘！别吵，别吵！"

"汪！"谁知白面包又叫了一声，兴奋地甩起尾巴来。

肖邦和白面包①，哈哈，确实比较接近。是《小狗圆舞曲》的旋律凑巧入白面包的耳，还是有别的什么含义呢？要不，干脆给它改名叫"肖邦"？最后，小勇还是放

---

① 此处是日语的谐音，肖邦在日语中读作"ショパン"，白面包在日语中读作"ショクパン"，两者发音非常接近。

弃了这个想法。给一只没人要的野狗取那位孤高的天才钢琴家的名字，似乎有些亵渎大师了。

"既然你喜欢，那我就再给你弹一遍吧。只有一遍哟!"

小勇不用看乐谱，就会弹这首曲子。他弹得平滑流畅，手指在琴键上迅速飞舞，甚至连呼吸都忘记了，一段美丽的旋律随之倾泻而出。据说肖邦正是看到爱犬追着自己的尾巴不住打转，受到了启发，才作出《小狗圆舞曲》这首曲子的。这个传说是真的吗?小勇觉得，比起追着尾巴打转，把自己变成一个甜甜圈的小狗，倒是在美丽湖畔与蝴蝶嬉戏的小狗的形象，与这首曲子更加相称。

一旦投入到演奏的世界中，即使白面包偶尔叫出一两声，小勇也完全顾不上了。

4

社区的规定

音乐逐渐进入高潮。这时，一声尖叫贯穿了小勇的后背。

"这是怎么回事？小勇！"

回头一看，妈妈正站在房间门口。她的手上还提着购物袋，正睁大眼睛不可思议地看着屋内。

哎呀，妈妈什么时候回来的？小勇都没有听见房门打开的声响。

"怎么回事？这只狗！"

妈妈脸上没有了惯常的平和沉稳，脸色非常难看。

"……我捡的。"

"咱们这里不能养宠物，这个规定你知道的吧?"

"我知道的。妈妈，我求求你……能不能在家偷偷地……"

妈妈突然杀进来，搞得小勇措手不及，以至于他之前想好的理由都没法顺畅地说出口。

"社区有社区的规定，必须遵守!"

在小勇想要争取之前，妈妈已经斩钉截铁地拒绝了。

"你还记得咱们从外婆家被赶出来，吃了多少苦才好不容易在这里找到住处的吗?"

小勇刚上小学的时候，妈妈辞了夜总会的工作，开始在动物看护学校学习。她用自己之前存下的积蓄在那里专门学了两年。外婆的去世成了一个转折点，正是从那之后妈妈结束了以往烂醉荒唐的习惯，开启了全新的生活。她不但要学习知识和收拾家务，还要抽空到处找能适合母子二人生活的房子。那一段时间里，小勇甚至都怀疑妈妈到底有没有睡过一个好觉。

幸运的是，妈妈没了固定收入后，获得了镇上提供的学习资助，也是因为这个，小勇上小学的学费和伙食费被免掉了。

母子二人对房子的要求有两个：一个是租金便宜，另一个是要在同一片学区。当时，小勇特别害怕会和以前的小伙伴们分开——现在看来，还不如早早转学的好。

"在这个社区里生活的人，都是为了生活拼尽全力的人。为了生活下去，大家不得不忍耐很多，妥协很多。我们要想在这里生活，也必须遵守这里的规则。小勇，你懂吗?"

在这样的气氛下，小勇实在没法提出养小狗的请求。

"那，这只小狗，该怎么办……"

"只能是在哪里捡的，放回哪里去。你是在哪里捡的?"

"神社。"

"我这么说，你可能会觉得太冷血。没有人会愿意收养杂种小土狗的，这是令人绝望的现实。如果它是纯种的，多少还能有办法，但杂种狗真没有人要。大家最多会在嘴上说说'啊，好可怜啊'什么的，但真正愿意收养它们的人根本没有。妈妈在宠物医院里为太多动物找过新主人了，看到的绝大多数都是残酷的现实。"

即使现在偷偷养在家里，总有一天白面包也会被社区里的人发现，最后被送去流浪动物收容所。可以预见，等养熟后彼此产生了感情，一旦分离，必然会更加痛苦。

"妈妈，你知道送去流浪动物收容所的小狗最后会怎么样吗?"

"据说每年有十多万只小猫小狗被实行了安乐死。"

听到妈妈直率的回答，小勇惊得说不出任何话来了。

"这只小狗跟人这么亲，有可能是谁家走失的宠物犬。它的主人搞不好正在找它呢。从这个角度来说，我们不要把它留在家里，把它放回原来的地方，不是更明智吗？今天天晚了，明天一早我们就放回去，好吗？"

白面包一直摇着尾巴，在小勇的脚边打转。它完全不知道自己的命运就这样被两个人决定了。

那天晚上，小勇和白面包一起洗了澡。

"白面包，对不起啊，我还是不能把你养在这里。"

小勇不曾预想到现实竟然这么残酷。

浴室本来就小，一人一狗挤在一起，白面包身上散发出的臭味熏得小勇简直想吐。哇，简直太臭了！即使开了窗户，也没有半点缓解作用。小勇的鼻子都被臭歪了。他一把按住白面包，拿过莲蓬头，给它来了个从头到脚全方位的淋浴。他挤出一大摊洗发水涂在白面包的身上，用两只手将它全身挠了个遍。很快，黑乎乎的泡泡占满了整个浴缸。

"小傻子，快停下！"

看到白面包用嘴巴去舔一个个泡泡球，小勇随手给了它一记"暴栗子"。

好不容易洗完澡，再用毛巾擦干，白面包的黑毛终于恢复了光泽。小勇想着至少要给它吃一顿好的晚饭。他和妈妈一起给它准备了酱鳕鱼、土豆沙拉和豆腐味噌汤。白面包吃得津津有味，连鳕鱼的骨头都被它嘎嘣嘎嘣嚼碎咽了下去，土豆沙拉没剩一点儿，拌了豆腐汤的饭也吃得干干净净——明明是一只小狗，吃东西的习惯却像一只小猫。

到了晚上，白面包睡在小勇的房间里。

小勇把浴巾摊在床边的地板上，白面包快乐地躺了上去。他从床上探出手抚摸白面包的小脑袋，白面包马上用舌头回舔他的手指。渐渐地，白面包开始犯困。它几个翻身，最后摊开四肢，露出圆滚滚的肚子睡着了。

"哈哈，你这家伙可真不会害羞呢。"

小勇从没见过睡相这么差的小狗。

"算了，晚安，白面包!"

小勇看着白面包，不知不觉也睡着了。他不记得自己到底是什么时候睡着的，只觉得耳朵深处似乎响起了白面包的叫声，于是睁开了眼睛。枕头边的电子表显示现在是半夜两点。睡在地板上的白面包不见了!

小勇赶紧打开灯，在屋子里找了起来，然而哪里都没有白面包的身影。他静下心，竖起耳朵，听到房间外有说话声。

是妈妈。妈妈好像还没睡，正在客厅待着。小勇悄悄地打开门，从门缝往外看。他看到妈妈正蹲在地板上，给白面包喂着什么，好像是火腿片。白面包甩着尾巴，看起来很高兴。

"对不起啊，对不起……"

妈妈每喂一片，就小声地道一次歉。从侧面看，她好像在哭。小勇尽可能小心地把门关上，结果还是发出了些微声音。妈妈整个人一抖，迅速地用手指揩去脸上的泪水。

"怎么了，小勇？还没睡着吗？早点睡哟，要不明天该起不来了。"

唉，被发现了。没办法，小勇也来到客厅。

"妈妈你怎么还没睡？明天还要上班呢，你在干吗啊？"

"唔，彩票……我在看这周彩票的中奖号码。一直惦念着，就起来看看。"

妈妈慌忙拿起身边的报纸开始翻看。白面包发觉似乎没有吃的了，又回到小勇身边，在他脚边蹲下。

"呃，中奖号码登在哪儿来着？"

妈妈每周都会买一张彩票，从不间断。这是她唯一的

乐趣。

"彩票不见了吗?"

"放钱包里了,不过号码我记住了。"

那是从小勇的生日和妈妈自己的生日中抽取组合成的六位数。她每次买的号码都是相同的。

"妈妈每次下班回来,都会在寿贺玉神社拜一拜呢。"

"灵验了吗?"

"当然没有了。"

小勇没有继续开口问下去。对白面包见死不救,妈妈又怎么可能不难过、不痛苦呢?

"妈妈,要是彩票中大奖了,我们就买房子吧!买带大院子的房子!"

"带院子,独门独户的那种?哈哈,小勇,你好奢侈啊。"

"那个,房间可以小一点。"

妈妈红肿的眼睛里,终于透出了笑意。

"这只小狗,叫什么名字?"

"白面包。"

"欸?这是什么名字啊?"

"我捡到它的时候,它正在神社里吃白面包呢。"

"不能起个更正经点儿的名字吗?"

听了小勇的回答，妈妈笑出了声。

"这只小狗，偏偏被我们这样的家庭捡到，真是不走运啊。那个神社，净管倒霉事呢。一个倒霉的神，让一只倒霉的狗遇到一个倒霉的家庭。"

妈妈一边笑着，一边流出了眼泪。她擦去泪水，最后深深呼出一口气，拉过白面包，轻轻地吻了吻它的脸。

第二天早晨。

在闹钟响起前，小勇就睁开了眼睛。他往床边的地板上一看，白面包又没了踪影，走到客厅，发现妈妈正拿着听诊器贴在它的胸前，一脸凝重。

"妈妈，怎么了？

妈妈没有立刻回答小勇，只是紧紧地盯着手腕上手表的秒针，眼神锐利得如某种猛禽。这样严肃的妈妈，小勇还是第一次见到。

"八十八……OK！"

妈妈放下听诊器，又去读插在白面包肛门上的体温计。

"三十八度二，OK！"

她的手法太迅速，白面包甚至都没有反抗的时机。

"什么OK？白面包体温这么高，难道是发烧了吗？"

"狗类的体温比人类高一度，幼年狗的体温又比普通的成年狗再高一点，所以这个体温没问题。"

"欸？这样啊？"

妈妈一会儿扒拉开白面包的下眼睑查看它的眼睛，一会儿又检查它的舌头和耳朵，一会儿抬起它的尾巴，一会儿又按按它的肚子，动作就没停下来过。

"好嘞！TPR没有问题！食欲没有问题！运动机能没有问题！感官机能没有问题！气色没有问题！毛色没有问题！没有拉肚子！没有眼屎！没有耳屎！没有牙垢和口腔炎症！虽然有几只跳蚤，但整体合格！"

妈妈就像车站里的指挥员一样，用手指一一确认，最后露出一个搞怪的笑容。

"什么是TPR？"

"指体温、心跳和呼吸。"

妈妈介绍道，这三项再加上血压，就是所谓的"生命体征"，是诊视病人时的基本观察项目。

"妈妈，狗的血压怎么测啊？"

"准确的血压必须用到专业的仪器，但只要摸一摸也能知道个大概。像这样，用手指按住狗狗髋关节的内侧，如果它身体健康，就能清晰地感受到脉搏，咚、咚、咚。如果因为生病或受伤导致心脏变弱，那脉搏数会相应减少，也就无法感受到血压了。"

妈妈将手从白面包的背部绕过来，用指尖按住两只大腿内侧的髋关节。小勇也学着她的样子，把手探到白面包大腿根部的内侧，指尖马上感受到了血液流淌的动静。

"啊，我感受到了！好厉害啊！"

"就这个，妈妈当时也学了很久呢。妈妈和小勇不一样，不够聪明，得花别人三倍的时间和精力才能学好。"

妈妈不是在谦虚，只是在陈述一个事实。小勇意识到，自己脑海里的一直是以前那个妈妈，他从未想过要认真看一眼现在的妈妈。

"如果这小家伙生病了，就不能送回到外面去，所以得好好检查一下。"

果然，妈妈才是最在意白面包的那个人。

"妈妈，你像个兽医。"

"哈哈，再给我一个脑袋，我也当不了兽医。只是做了四年的宠物护士，脑子不会，身体也记住了。别看我这样，我还是我们院长最得力的助手呢。"

"最得力？你们医院里有几个护士啊？"

"一个。哈哈哈。所以从前台到手术协助，这些都由妈妈一个人包揽哟。"

妈妈有些羞涩的笑容后面，藏着"我也不容小觑"的意味。此时的妈妈与往常不太一样，看上去格外可靠。

为了不被社区里的人发现，小勇用两只手把白面包裹在怀里，非常小心地出了大门。他的书包里，还另外装了一袋货真价实的白面包。

早晨的"破落玉神社"显得格外寂寞。

穿过鸟居①后，首先迎接小勇的是参道②两旁的石狮子。从前小勇都没有认真端详过这两只狮子，今天一看，发现它们的石台上爬满了苔藓。不过这两只狮子还是很威风凛凛的，正抬头看着天空。它们的尾巴被雕成金鱼尾鳍状，眼睛瞪得大大的，眼珠子似乎马上就会迸出来一般，鼻子是蒜头鼻，嘴巴周围长了一圈络腮胡。右边的狮子微微张着嘴，左边的紧紧闭着嘴。小勇觉得，比起狮子，它们倒更像做工粗糙的鬼怪。

"白面包，这里有你的小伙伴哟。"

说起来，白面包的长相也不算精致，但比这两只狮子可好太多了。小勇把白面包放到地上，然后将书包里的白

---

① 鸟居是类似牌坊的日本神社附属建筑，代表神域的入口，用于区分神栖息的神域和人类居住的世俗界。鸟居的存在提醒来访者，踏入鸟居即意味着进入神域。

② 穿过第一个鸟居开始、一直延续到神宫本殿的道路。顾名思义就是参拜的道路。

面包拿出来，一点点撕给它吃。

"白面包，你是谁家迷路的宠物吗？如果是的话，要记得快点回家哟。你的主人肯定会担心的。"

白面包只是专心致志地吃着面包，根本不管小勇在说什么。

"你要不是宠物狗的话，那下次一定要找个好一点的、靠谱的好心人哦。不要再被像我这样的人捡到了，知道吗?"

白面包，你要找一个住在带院子的房子里的好心人……

小勇从口袋里掏出一块头巾，缠在白面包的脖子上，最后牢牢地打了一个结。这块鲜红的头巾是妈妈给的。因为野狗是不会佩戴项圈或者配饰的，有了这块头巾，白面包被当成野狗送去流浪动物收容所的机率会小很多。

小勇本想向神社祈祷，求它保佑白面包接下去的幸福，可最后还是放弃了。他总觉得，向这个倒霉神社祈祷的话，反而会给白面包带来不幸。所有半途而废的同情，都只会带来不幸。

小勇把剩下的面包一口气都放到了地上，似乎这样就能切断自己对这只小黑狗的留恋。

"白面包，对不起……"

他在心里小声地念着，悄悄离开了神社。他先是蹑手蹑脚地往后退，再慢慢变成正常步伐，出了鸟居后开始加快脚步，最后狂奔起来。回头一看，白面包依旧在心无旁骛地吃面包。小勇藏到一根柱子后，再次偷偷望着白面包。白面包待在两只石狮子之间，抬起了头。它是要追过来吗？小勇想。结果，它像脚上生了根一样，坐在地上一动也不动。

白面包看起来就好像成了寿贺玉神社里的第三只石狮子。

5

隐秘的藏身之处

小勇比平时早一些到了学校。

他看到同班的西田君和佐佐木君正在换室内拖鞋的地方悄悄地说着什么。看到他过来，两个人吃了一惊，也不说话了，急急忙忙地往楼梯跑去。他们一边跑，一边从口袋里掏出口罩戴在了脸上。

小勇叹了一口气，感觉全身瞬间没了力气，只是习惯性地垂下了头。

他正要把脱下的鞋放进鞋柜，突然发现自己的鞋柜有些异常。白色的拖鞋染上了脏兮兮、黏糊糊的泥水，凑近脸去，闻到了一股熏天的臭味。

到底是谁干的？西田君和佐佐木君？不，不会是他们。即使动手的是他们，也肯定是受晃太郎指使的。

小勇用指尖捏着鞋子来到洗手台前。他用装在尼龙小袋子里的洗手皂仔细清洗鞋子，泥灰色的鞋子终于慢慢变回了白色。

拖鞋被人这样糟蹋，这是第二次，上次是被人藏起来后就再也找不到了。所以他只能骗妈妈说自己要买做手工用的剪刀和胶水，向她要了一些钱，再加上自己平时存的一点零用钱，才重新买了一双一模一样的拖鞋。

但现在以及将来，他都不想再对妈妈撒谎了。

小勇脱下脚上的鞋子，换上了还湿着的拖鞋。站在教室门口，他有些茫然。

他的同班同学还是与昨天一样，戴着白色口罩。白色口罩的团体一看到小勇，马上默默交换着眼神。

小勇下意识地寻找真知的身影。

倒数第三排靠窗的位置，正是真知的座位。昨天的承诺仿佛一个笑话，小勇看到她的脸上赫然戴着一个纯白的口罩。真知坐正身体，专心地看着前方。她不肯看小勇一眼。

怎么会这样呢?

真知是无法反抗教室里那阵凝滞的、黑暗的气氛吗?

小勇非常失望，但是无法责备真知。他想，如果自己换到她的立场，应该也会采取同样的做法吧。

小勇低着头，向自己的座位走去。

这时，他看到角落里的垃圾桶塞满了东西。那是被折成一段一段的铅笔和揉得不成样子的笔记本。那也是妈妈为了表示感谢，特地给每个同学买的礼物。这个垃圾桶里会有多少人份的铅笔和笔记本呢？

深谷老师的课一如既往地没有什么激情，只有小勇和其他少数几个同学在做笔记。小勇喜欢上课。上课虽然无聊，但至少比休息时间好很多，因为不会受到大家的鄙视和欺凌。

上午的课结束了。

这周负责发放中午饭的，是晃太郎所在的三组。六个同学戴上围裙，分好工，给大家发面包、牛奶和小菜等。

晃太郎把一个白面包放到小勇的桌子上。小勇定睛一看，面包上有一点一点的霉斑。

"看起来很好吃嘛，自带味道，看起来都不用黄油了呢。"

晃太郎小小的眼睛一点不落地注视着小勇的反应。这个面包应该是之前余出来，晃太郎特地放了好多天，等长霉了才拿出来给他的。

"不过只有芝麻盐的话，营养会不均衡。算了算了，黄油什么的还是给你，要不太可怜了，是不?"

晃太郎的同伴梦斗一边冷笑，一边往小勇的桌上扔了一块黄油。辽介的位子就在不远处，他与小勇的视线撞上后，不自然地转开了脸。

"吃啊!"

晃太郎拿起面包，抵到小勇的鼻子下。

即使不能把他揍倒在地，至少也要狠狠地瞪回去! 小勇在心里想，可最后只是脸抽搐了几下，挤出了一丝僵硬的笑容。

这时，深谷老师回到教室，手里拿着体育报纸。他一边优哉游哉地哼着歌，一边坐在了讲台边上的教师专属座位上。

晃太郎咂了一下嘴巴，表情凶恶地继续发饭。

下午的课程和集会上，都没发生什么特别的事。

小勇没有和任何人讲话，包括真知。放学后，他最后一个走出教室。他走下楼梯，慢慢地向换鞋处走去。看到自己的鞋子还在原处，安心地舒了一口气。明明再正常不过的事情，对此时的小勇来说，却是令人无比庆幸。

小勇觉得很可悲。

回家的路上，田野被夕阳染成了一片深棕色，沉甸甸的麦穗努力向着天空伸展，押出一道悠长的地平线。田野对面，能看见寿贺玉神社里的竹丛。

见不到阳光的神社里，时间好像停止了。翻倒的空罐子、丢弃的点心袋，都还在昨天的位置上。

小勇一直走到神殿里，可哪儿都没找到白面包的身影。

"白面包，你在不在？"

他试着叫白面包的名字，没有任何回应。

白面包是顺利地回到它主人的身边了吗？又或者它像那些野狗一样开始了流浪之旅？小勇在神殿前坐下，想等白面包出现。等了一会儿，他放弃了。

白面包不在神社里，真是不知道应该为它感到高兴还是难过。

小勇打算回家。走到大门口的鸟居处，他突然听到一声狗叫。小勇急忙回头，看见白面包正孤零零地坐在神殿前面。

"呀，你刚才躲哪儿去了？"

小勇向白面包跑过去。他抚摸着白面包的脑袋，白面包快乐地甩甩尾巴。它一直待在这里没走，看来是很喜欢这个神社呢。

仔细一看，小勇发现白面包的耳朵尖上挂着几缕蜘蛛网。

"你这小家伙，是不是躲到地板下去了？"

神殿的地板下有几处空隙，白面包身体小，可以自由地进出。那里面虽然到处是蜘蛛网，但至少不会遭受风雨的侵袭。

白面包似乎已经决定，要把这里当作自己的家。

"从明天开始，我会带吃的过来。白面包，你不要担心。"

从此之后，放学回家路上拐到神社去看望白面包，成了小勇每天必做的事情。也因此他的生活变得快乐了一些。他在六年级三班的教室里还是很痛苦，不过下课后去音乐教室又会变得开心，而最幸福的是，他每天都能和白面包见面。

每次看到小勇来到神社，白面包总会从不知哪个角落里钻出来。有时候是竹丛中，有时候是地板下。它似乎掌握了小勇过来的时间，总是摇着尾巴提前来迎接。

小勇给它带过来的都是中午吃饭时偷偷省下的食物。水的话，就喝神社里的自来水。即使不用皮带拴着，白面包也从没跑出过这个神社。

有时候，小勇会在白面包的身边坐下，把烦心事——

晃太郎的事、辽介的事，以及班级里其他同学的事——说给它听。那些无论如何都不能对妈妈吐露的泄气话，全部可以对白面包说。每次说完，小勇就觉得沉淀在心中的淤泥全被唰唰唰地冲走了。

"白面包，我给你放《小狗圆舞曲》，你好好听哟！"

没有人的神社里，一场只属于小勇和白面包的音乐会。这里当然弹不了电子琴，但可以放磁带。磁带的效果不是很好，音阶不全，旋律不够明快干脆，不过对于白面包来说，已经足够。它跟着旋律，快乐地舞蹈起来。

看起来，白面包真的很喜欢肖邦。

六月上旬过后，终于正式进入梅雨季。

天空被厚厚的乌云遮住，变得阴沉沉的。大颗大颗的雨珠狠狠地砸向野一色平原。小麦在梅雨季前都已经收割完毕，换成一株株细细的水稻苗，在水田里整整齐齐地排列着。

吃完午饭后，教室里立马变得喧闹起来。一般情况下，大家吃完午饭，都会飞奔到操场上去玩耍，但因为下雨只能作罢。现在，他们正一堆堆地聚在一起，开始谈天说地。

"那个水池？不会吧，咱们学校怎么可能有'能量点'？"

"是真的！我姐她们说有，说有水的地方，容易聚拢大自然的气。"

以真知为中心，古贺君、近藤君、中园君等聚在一起，兴奋地讨论着某个神秘话题。

学校中庭里有一个喷水池，里面以前养过小鱼、乌龟什么的，现在已经沦为一个纯粹的水塘了，只有喷水的功能还健在。每隔两个小时就会喷一次水。喷水时，水高有三米。微风吹过，裹起点点水花，在太阳光的映射下，呈现出一道小小的彩虹。从这个角度来说，它是"能量点"也并非不可能。站在喷水池前，全身沐浴在彩虹的光辉中，这时幸运就会降临——女孩子们之间都是这么流传的。

"你们不会真的相信吧？果然女生都是傻子！"

突然，晃太郎插进话来。

"闭嘴，晃太郎走开！你一过来，好运都跑了。"

女生们一个劲儿地挥手，就好像在赶苍蝇一样。

"切，傻子！我才是真正的'能量点'呢。"

晃太郎亮出左胳膊。他的胳膊内侧靠近正中间的位置有一颗很大的黑痣，痣上长着一根黑毛。黑毛只有一根，而且又粗又长。

"快看，这是我的神奇之毛！从三年级开始长的，你们要不要摸摸看？"

"呀，好恶心！干吗给我们看这个，你这简直是'恐怖点'！"

真知团起面包的包装袋，扔向晃太郎。

即使彩虹一直存在，小勇也绝对不相信学校里有什么"能量点"。他一个人坐在书桌前看书，这时又听到另一群女生说的话——她们在说中午剩下的饭菜不见了的事。

"前几天，我……"

站在中间的女孩说，自己曾看见小勇偷偷地把剩下的面包藏到口袋里。

"真的假的？他家这么穷吗？"

"不是说他妈妈在夜总会上班吗？那不是应该能赚很多钱？矢野难道不是有钱人吗？"

"当然不是！一、二年级的学费和餐费，矢野都没有交呢。"

"哇——真不敢相信，这样也行？说起来，没交餐费就没有吃饭的权利，得自己带便当吧？"

"好像他要领生活保障金的呢。唉，也是可怜。不过，电视里那些在夜总会上班的陪酒小姐，用的不都是名牌货吗？我看她们还穿很贵的毛皮大衣呢。"

"哎呀，东京的和这里的当然不一样。而且他妈妈年纪大了，成了老婆婆，也做不了陪酒小姐吧！"

小勇只能一直低着头。

按照规定，中午多出来的饭菜是可以吃的。大家一般都喜欢吃甜点，有时有多出来的，就一起分着吃，而白面包却从来没有人喜欢，经常会被剩下。

真知正往教室外走，听了这些话停住了脚步。她突然狠狠地瞪了一眼说那些话的女生。说闲话的女生们耸了耸肩膀，赶紧闭上了嘴巴。看到小勇看过来，真知微微一笑，轻轻地抬了一下手，走出了教室。

那天，小勇无论如何都没有勇气去拿剩下来的白面包。

大颗大颗的雨珠织成一道密实的雨帘，挂在教室的窗户上。风也很大。

白面包还好吗？它有没有被雨淋湿？不知为什么，这两三天白面包看上去很没精神。它一向很有食欲，可昨天甚至都没吃完小勇带过去的东西。这样的事情，以前从来没有发生过。

下午上数学课，小勇一打开教科书，愣住了。

教科书有差不多五分之一的部分被人撕走了——准确地说，是从第41页到第68页的部分！这部分正好是前天深谷老师通知的考试范围。

之前也发生过自己的教科书上被人用马克笔乱涂乱画的事，他的社会书和语文书上现在还有很多让人料想不到的恶言恶语。

如果像以前一样只是涂写，那他至少还能看到文字，勉强能读，但现在教科书整页整页地被撕走，就完全不能学习了。小勇想到下个月的考试非常重要，成绩是要记录到升学用的推荐表上的。

咚、咚、咚！心脏的跳动瞬间加快。

哈、哈、哈！呼吸变得不顺畅，并且越来越急。

嘴唇逐渐冰凉。

指尖失去了感觉。

喉咙好干。

要平静下来。小勇不断地告诉自己，尝试让呼吸慢下来。

一、二、三、四……

他数到十，然后深深地吸了一口气，呼吸稍稍变好了一些。

讲台上的老师没有发现任何异常，依旧在黑板上奋笔疾书。教室里很安静，同学们屏住呼吸，似乎在暗暗观察着什么。小勇悄悄地打量周围，看到每个人都紧紧地盯着黑板，没有一个看自己。

他闭上眼睛，再一次深呼吸。

不能输，绝对不能输！

小勇一边这样告诫自己，一边睁开了眼睛。就在这个瞬间，他的眼神和坐在窗边的辽介撞在了一起。辽介似乎有什么话想说，但很快又移开了视线，再次看向黑板。

小勇挺直脊背，用失去知觉的手指去翻那已经不存在的书页。

伸出去的手

　　第二天是周四，第五和第六节是手工课。老师要求将齿轮组装在一起，做一个会动的玩具。

　　大家分好组，有的开始在素描本上画设计图，有的开始组装起材料，每个人都陷入了冥思苦想中。书桌上散着各种用具：裁成一块块的彩纸、硬纸壳、胶水、细竹条，还有钳子等。

　　"好难啊，我转动方向盘，但它怎么不动啊？"

　　"齿轮错位了，当然转不动啊。你这笨蛋，好好看仔细呀！"

　　组装的工作比想象的复杂很多，根本不能顺利地按照设计图推进。大家开始焦躁起来，越来越多的小组气氛变得紧张。第六节课的下课铃声打响，但是没有一组完成任务，大家都差了一大截。

"好了，同学们。今天先到这里，再做下去天都要黑了。虽然到目前为止，还没有一个小组完成，不过没关系。我们先来开总结会。"

深谷老师拍拍手，示意大家停下手上的活。

这时放学铃响起，教室地板上到处散落着彩纸条和塑料瓶盖之类的东西。

"进度最慢的第四小组，和老师一起留下来收拾吧。"

"诶！"

第四小组正好是小勇所在的组，一共六个人。除了小勇外，其他五个人都不情愿地发出了抗议。

等其他同学回家后，第四小组的学生和深谷老师一起将工具和材料分门别类整理好，放回纸箱里。这时，校内广播开始呼叫深谷老师的名字。

"对不起，同学们。我得先回办公室，剩下的就麻烦你们收拾了。"

"好……"

大家无精打采地回答道。

看到深谷老师离开了教室，两个女生立刻来到小勇的身边。

"矢野君，不好意思啊。剩下的能不能交给你做呢？我们要赶去课外补习班。"

两个女生双手合十，做出拜托的表情。

"呀，你们太狡猾了！说起来，我们也要去课外补习班呢。"

其他几个男生在一旁听到了，也跑过来嚷嚷。

"净说谎！滨田君，你什么时候报的补习班啊？"

"昨天开始去的，是吧，山下君？"

"嗯嗯！毕竟都六年级了，哪能一直玩呢？我们也得考附中呀！"

"附中？痴人说梦。山下君，你的成绩这么差，怎么可能考得上附中？"

"闭嘴啦！我要努力学习，才不想和你们这些家伙一起上野一色中学。剩下的你帮我们做吧，行不行啊，矢野君？"

小勇听着他们的对话，好像自己的心事被人说中了一样，现在突然被叫到名字，吃了一惊。

"说起来，还不是因为矢野君的动作太慢，才害得我们现在在这里遭罪。"

"就是，就是！"

听山下君这么说，其他四个人纷纷表示赞同。

"矢野君，拜托你了哟！"

他们拍拍小勇的肩膀，嬉闹着走出了教室。

看到几个人的身影消失在了走廊里，小勇深深地叹了一口气。他独自收拾好手工用的钳子，突然感到身后有什么人在看着自己。

他转过头，看见辽介正靠在教室入口处的墙边。

辽介静静地盯着小勇。

他是什么时候站在那里的呢？小勇想。

辽介的大眼睛还和幼儿园时代一模一样。他对上小勇的视线，也不开口，表情没有一点儿变化。

奇怪的气氛弥漫在两个人之间。

"你还没回去吗？"

实在受不了这种沉默，小勇先开了口。

"嗯，落了点东西。"

辽介的语气有些粗暴。

"落了什么？"

辽介没有回答，开始动手收拾手工用的锤子。

"不……不用。辽介，你不是第四小组的，不用收拾。我一个人没问题的。"

"怎么可能没有问题？这些工具和材料，你打算一个人搬回教师办公室吗？你搬得动吗？"

小勇没有说话，低下了头。材料倒还好，只是那些锤子、扳手什么的确实很重。

"勇。"

辽介突然叫了小勇的名字，他从幼儿园起就这么称呼他。

"你，要不要加入我们的小团体？"

"小团体？和晃太郎一伙儿吗？"

"你加入我们，就不会受欺负了。如果团体内部有谁欺负你，我也可以出面解决。这样，你就再也不用这么痛苦了。"

"没什么痛苦的，我……"

小勇说不下去了。

"晃太郎这个人，根本就是个坏蛋。他的性格很坏，以欺负人为乐。他一旦找到目标，就绝对不会放手，哪怕一天不欺负对方都不甘心。只要是比他弱的人，不论是谁，都是晃太郎欺负的对象。"

晃太郎就像一个魔鬼，有着特别残忍的心思。四年级时他就开始威胁别的孩子，收"保护费"什么的。而到了五、六年级，小勇就成了他欺凌的目标。

"三年级的时候，我也遭到了晃太郎的霸凌。是不是

很好笑?"

"啊，真的?"

"那家伙从一年级开始学柔道，武力值太高，没人打得过。"

怎么会，辽介……? 小勇感到不可思议，然而当他看到辽介落寞的眼神，还是相信了这可悲的事实。

"你知道吗，晃太郎的老爸是混黑道的。我见过他，长得凶神恶煞的，特别吓人。我可以肯定，他一定是黑帮里大佬级别的人物，还有人说他至少杀了三个人。"

"可我听人说，他爸是公司的老板……"

晃太郎家经营着一家小小的建筑公司，公司的成员都是他们家的人。他家房子边上有一个预制装配式房屋作为事务所，上面就挂着"青山建设有限公司"的招牌。

"那是他们做给外人看的。你记不记得他爸没有右手中指? 那就是混黑道的证据。"

小勇以前在电影中见过，黑道组织里的成员一旦搞砸了事情，就会用刀把左手小拇指砍下来。这个仪式叫作"调停和解"。晃太郎一个人就已经很令人棘手了，如果他后面还有个混黑道的爸爸，那还真是不得了!

"你要不要加入我们的小团体? 晃太郎那边，我去帮你说。"

小勇想，如果自己加入他们，不再受他们的欺负，那么按照晃太郎的性格，势必会再去找下一个目标。等到了那个时候，自己会成为众多围观者中的一员，默默地站在一边看着他们欺负另外的某个人。

　　其实都一样！心中的痛苦根本不会有任何变化！

　　"谢谢你的好意，但我不能加入。"

　　"为什么？"

　　"马上就要毕业了，我再忍一忍。等毕业了，就全结束了。辽介，你不用担心我。"

　　"你个傻瓜！"

　　辽介感到不耐烦，猛地撞向小勇。小勇在突然的冲力下失去了平衡，带倒两张书桌，后背着地，狠狠地摔了一个大跤。也不知道是不是摔倒的时候撞到了桌角，他感觉疼痛像电流一样贯穿全身。

　　"我再也不管你了！"

　　小勇所认识的辽介比任何人都要有正义感。他绝不会因为自己受到欺负就站到欺负人的那一边去，他没有那么脆弱。

　　小勇一边揉着左胳膊，一边慢慢地坐起身体。

　　"你好像变了呢，辽介。"

　　"哈？大家都是这样保护自己的。你看看班级里的同

学，谁不是这样的？看见你被欺负，哪一个不是偷偷装作没看见的样子。为什么？就是怕有一天轮到自己！只有你，像个傻瓜一样一直被他们欺负。你就是最愚蠢的犟嘴鸭子！"

"我也没办法啊。"

"勇，没人会帮你的。托你的福，班里其他同学都平安无事，只有你会被人欺负！"

"就快毕业了，我会继续忍耐的。"

辽介似乎很无奈，叹了一口气。

"勇，你是不是要考附中?"

小勇默默不语。辽介焦躁地打开自己的书包，抽出数学教科书，像拧毛巾一样用力卷成筒状，扔在小勇的怀里。

"借你到明天。好了，我要去便利店买咖啡了!"

辽介把一脸愕然的小勇留在原地，大摇大摆地往门口走去。走到门口，他似乎想起了什么，又突然停下脚步。

"我声明一下，撕你教科书的不是我们的人!"

"欸?"

不是晃太郎？那是谁?

小勇有些不明白，到底什么是真的，什么又是假的?

辽介扔过来的教科书掉在地板上，封面上有一道竖着的折痕。小勇一边捋平印子，一边试图寻找看不见的真相。辽介肯定也犹豫再三，觉得不能再这样下去，他肯定也纠结烦恼了好长时间。

……辽介，谢谢你。

小勇走出学校的时候，天已经完全黑了，还下着雨。硕大的雨点无情地打在伞面上。操场上的排水系统不好，到处是一个个大水坑。小勇已经没有力气去分辨哪些路好走，哪些路不好走了。他只是机械地蹚过一个个水坑。

走到田埂边，他看见一只只福寿螺正精神抖擞地蠕动着。它们产在稻苗上的粉红色的卵看上去格外怪异且可怕。

7

雨中的鬼

大雨好像忘记了要停似的，下了一天又一天。

这天仍是倾盆大雨。放学后，小勇来到寿贺玉神社。雨太大，伞打了跟没打一样，他的衣服和鞋子全部湿透了。

他穿过大门处的鸟居时，发现神社里竟然有人，一把白绿波点的小伞正在风雨中飘摇。

下这么大的雨，难道是来参拜神社的？

小勇记得那把伞，那是汤浅真知的伞。

"汪——！"

白面包的悲鸣穿透雨幕突然传了过来。

小勇吃了一惊，赶紧躲到参道旁的杂树丛里。为了不被人发现，他还把伞收了起来。

小勇偷看着，只见真知右手正拿着一根木棒，而白面包的脖子上缠着一根绳子，绳子的另一端被牢牢踩在真知的脚下。真知在喊着什么，但是雨声太大，他听不清楚。

白面包被木棒狠狠地打了好几下。

发生了什么？这到底是怎么回事？

看着雨幕中的这一场景，小勇简直无法相信自己的眼睛。

真知？这究竟是为什么？

惊讶与恐惧占据了小勇的头脑，使他无法思考。他浑身起了鸡皮疙瘩，那绝对不是因为下雨天太冷了。

"汪——！汪——！"

白面包痛苦的叫声直直地钻进小勇的鼓膜，然而，他的双腿一动都动不了。他费尽全身的力气将自己隐藏起来。

突然，白面包的惨叫变成了狂吠。接着，小勇听见了真知的惊叫声。

真知的伞掉在地上，在风里骨碌碌地滚了好几米。他仔细一看，看到真知按着左手蹲到了地上。

白面包趁着脖子上绳子松动的空隙，逃进了旁边的竹丛里。

"畜生，我一定要杀死你!"

真知的声音尖锐得不像一个正常人能发出的。她披头散发，捡起伞逃也似的穿过参道。小勇看到她被雨打湿的侧脸，简直就像般若①一般。

小勇踉踉地走到神殿前，发现真知刚才蹲下的地上有血迹。血迹很快被雨水冲淡，最后消失在了土地深处。

这一天，不管他怎么呼唤，白面包都没有回来。

第二天，真知来学校的时候，左手上缠着绷带。

"呃! 看上去好疼! 真知，你受伤了?"

近藤等人将真知围在了中间。

"嗯。昨天帮忙做晚饭的时候，我不小心被菜刀割到了。"

"没事吧?"

"没事，没事。不过真的很疼呢，嘿嘿。"

真知歪着头，笑嘻嘻地露出一口白牙。这是一张完美的笑脸，脸上看不出任何说谎的痕迹。

---

① 此处是指般若面具，是日本能剧中的女面具之一，头上有两只角的鬼女面，表现愤怒、嫉妒、苦恼的情感，据传创作者是般若和尚。

放学后，小勇跟着真知出了教室，在换鞋处追上了她。

"汤浅同学。"

听到小勇的声音，真知正打算拿鞋的手不由自主缩了回来。

"啊，吓我一跳！怎么了，矢野君？"

"你的手没事吧？"

"手吗？啊，没事了。已经处理过，也上了药。"

"看着挺严重的。"

"谢谢你的关心，不过真的没事。昨天妈妈让我帮忙切卷心菜，我一时激动没注意，就切到了手。"

真知笑着吐了吐舌头。

小勇看着她的脸，心中涌起一股愤怒。

"你为什么撒谎？"

真知穿鞋的手停了下来。

"你说是菜刀割到的，那是假的吧？你根本没有切卷心菜！"

"矢野君，你在说什么呢？"

真知依然低着头，笑容迅速地从脸上褪去。

"事实上，你是被狗咬了。我昨天看到了，汤浅在神社里用木棒打狗，一下又一下。"

小勇挑衅似的站到了真知的正对面。他想知道真知到底为什么要对白面包下那样的狠手。

　　"呵，还以为你说什么呢。原来就是那件事啊。"

　　"就是那件事……"

　　"矢野君突然和我说话，吓了我一跳呢。说起来，这是你第一次主动和我说话吧？我刚才还以为你要和我表白呢。矢野君，你喜欢我，对吧？"

　　"什么？不可能的事情。"

　　"哈哈哈，傻瓜。我最讨厌你了！那只狗，是矢野君你的吧？"

　　"不，不是……"

　　"我早就知道了。你每天放学回家都要给它喂食，给那只狗。"

　　真知冷冷地盯着小勇，眼神空洞，就像被什么附身了一样。

　　"那只狗打过疫苗吗?"

　　"不知道。"

　　"我可能得狂犬病了呢。要真是那样，你得给我赔偿金哟。"

　　"明明是你虐待白面包了！"

　　"白面包？那是什么，那只笨狗的名字？哈哈哈，果然是你的狗啊。既然你是主人，那我被咬就是你的责任了。我会向你要赔偿金的！"

"你是自作自受！说到底，你为什么要那样做？"

一阵沉默之后，真知岔开话题，问了一个完全无关的问题。

"矢野君，你要考附中，对吧？"

"突然说这个干什么？"

"哟，你这是要装傻吗？我问你，你是不是要考附中？"

"我还没决定。"

"撒谎！"

"我没有撒谎。我还没想那么远。"

"呵呵。算了，你不想说，我也不逼你。矢野君，你去过补习班吗？我呢，从小学一年级开始就上课外补习班了。不是野一色镇上的补习班哟，是邻市最好的补习班，每个月的补习费就要六万五千日元呢。"

她到底想说什么？小勇看不透真知的心思。

"矢野君，你是光靠教科书在学习吧？深谷老师的课讲得那么烂，你打算只靠听他的课去考附中吗？附中的升学考试很难啊。矢野君，你看过他们的历年真题吗？你做过语文的长篇阅读理解和数学的应用题吗？补习班的老师说了，从今年开始，附中的升学考试中还会出初中课本上的内容呢。"

真知歇斯底里地质问着，一刻没有停下来。

"补习班都不上的人，怎么可能考得上附中？我，才会去附中！我哥和我姐都在附中上学，我爸妈也觉得我肯定是要上附中的。从一年级开始，他们就一直在我耳边念叨这件事。不管发生什么事情，我都会上附中，然后上附高，最后去大学学医学专业。你懂吗？从一年级开始，我就没有一丁点儿属于自己的时间！我就是顶着这么大的压力学习的！"

真知的脸因为愤怒变得通红。小勇看着她，突然想起真知家在市里开了数一数二的大医院。

"我从三岁开始学习钢琴，好几次在县里的表演会上弹奏。可四年级的文艺汇演上，却是你作为年级代表去伴奏的，我还听说是音乐老师指名让你去的。为什么？你弹得一点儿都不好，为什么让你去？凭什么？我是不可能输给任何人的。我不想再输给任何人了！你这种人，永远待在医院里好了！不要来学校！"

真知把心中的怨恨一股脑儿地撒向小勇。

不、要、来、学、校！

原来送到病房的郁金香和被撕掉的教科书，都是真知的"杰作"。

"我确实没有上过课外补习班，只靠着教科书和习题本学习，附中的历年真题也没有看过。但即使这样，我也要去附中！"

小勇的心底生出一股坚韧的信念，他狠狠地瞪了回去。

真知的眼神有一瞬间的退缩。她把受伤的左手伸到小勇眼前，似乎这样就可以挡住他的视线。

"我的手突然疼了。矢野君，你看是不是肿得很厉害？昨晚开始肿的。我爸看了一眼，马上就知道是狗咬的。他说应该没有得狂犬病的风险，但可能会得破伤风，所以给我打了一针。打针也很疼呢，疼得不得了。矢野君，为什么我要遭两次罪呢？全部都是你的原因！"

"跟我没关系！"

"我爸听说我在神社里被野狗咬了，他很生气呢，都气红了脸。他说今天要给流浪狗收容中心的人打电话。收容中心的所长也是医生，是我爸大学时的学长呢。哈哈，那只笨狗现在肯定被逮着了。它会被收容中心处死的！"

"……"

"呵呵，跟你没关系，又不是你的狗，对不对？"

真知把手里的鞋子胡乱扔到地上，踩着鞋子的后跟踢踏踢踢地出去了。

没有谁可以相信了。

时间仿佛凝固了。小勇站在原地，一动也不能动。

第二天早上，小勇正打算进教室，却被晃太郎和梦斗拦住了。

"听说你养了一只恶犬，它还咬了汤浅同学。你可要负责哦，快给赔偿金！"

"它不是恶犬。"

"你说什么？都咬人了，不是恶犬是什么？你养的狗咬了人，当然是你来负责任。赔偿金三万日元，快拿过来！"

"我没有钱。"

"你没钱？没钱跟你妈要啊！夜总会小姐赚得很多的，每天晚上都能赚好多嘞！"

小勇默默地低下了头。

"哼，算啦！跟你说一声，汤浅同学已经拜托我们去消灭恶犬了，一旦看到它，马上杀死。你做好心理准备吧！"

晃太郎一边狞笑着，一边撞开小勇的肩膀走了过去。

汤浅真知根本不是受害者，白面包才是受害者！那么一点儿大的小狗，没有主人也没有家，偷偷地躲在神社里生活，为什么还要让它受这种罪？不，我必须保护它！小勇暗暗下定决心。

傍晚的寿贺玉神社，还是一如既往地安静。

功德箱旁边躺着一枚从投钱口掉下来的十日元硬币，上面沾满了灰尘。它和某个人的愿望一起被遗忘在了这个角落里。

今天早上放的面包依旧在靠墙的水泥地上，一口也没有被咬过。小勇一边叫着白面包的名字，一边环视四周，但是一直没有回应。他希望是真知的恶行激发了白面包的求生本能，促使它从这里逃跑了，那样至少会比被收容所或晃太郎抓住好很多。

小勇在神殿前坐下，开始用录音机放音乐。

肖邦在世时一直时运不济，他演奏的曲调总是令人悲伤。一个个音符在神社里回响，最后失了力气，滴滴答答地沉入了地底深处。小勇把录音机放回书包里，双手环抱住膝盖，抬头望向天空。竹林挡住了视线，只能看见一小角的天空。淅淅沥沥下了一上午的雨不知道什么时候已经停了。现在是梅雨季节，也不知道天能晴多久，但至少这段时间里白面包应该不会被淋湿了。

明知道白面包不在那里，小勇还是每天都去神社，给白面包换上新的食物。第二天，食物没有被动过。第三天，食物还是没有被动过。然而第四天的傍晚再去看时，早上放的食物竟然不见了！

"白面包，你回来啦？你在哪儿？白面包！"

小勇开心地小跑起来，将神社找了个遍，地板下、竹林中……可是，哪里都没有白面包的身影。

难道食物是被别的野狗吃了？小勇意识到自己是空欢喜一场，不由得愈加失落。

第五天的傍晚，一辆轻型卡车在神社前和小勇擦身而过。

卡车的驾驶席和副驾驶席上分别坐着一个老人和一个年轻人，他们穿着米黄色工作服。车厢上堆着很多铁笼子，那是流浪动物收容所的车。车后头的备胎边上还立着一根长约两米的、带钢丝圈的长棍，那是用来抓捕流浪猫狗的吗？

铁笼子里关着一只狗，褐色，身上的毛稀稀拉拉。小勇记得它。它正是追逐白面包的那两只野狗中的一只。随着车身的震动，野狗的身体也跟着晃动。它的目光中闪烁着不安。它在看哪里呢？一想到它接下来的命运，小勇心里一阵难受。

白面包失踪已经一个星期了。

晃太郎说要展开抓捕恶犬行动，也不知道是不是真的，小勇还没在神社里见过他的身影。他看起来应该不会费尽心思到处去找白面包，然后除之而后快。但是在接下来的几天时间里，小勇放学回家时总能看见收容所的车在这一片巡查。幸好货架上的铁笼子里都是空的，他从心底松了一口气。

每天早晨，小勇依旧会带一片面包放到神社里。傍晚再去看，大多数情况下，面包都完好无缺地留在原地，偶尔也能看到被什么咬过。如果是白面包的话，面包肯定会被吃得连一点儿渣都不剩。从咬痕来看，小勇猜测是黄鼠狼或老鼠。那么，白面包肯定是回原主人的家了，要不就是被喜欢小狗的新主人捡到了——小勇不断地这样告诉自己。

十天过去了。

继续这样等下去毫无意义，小勇决定明天开始就不再来这个神社了。他坐在神殿前，打开录音机开始放音乐，曲子自然是白面包最喜欢的《小狗圆舞曲》。

这不是离别的曲子，这是祝愿白面包未来能够幸福的华尔兹舞曲。

这首曲子的旋律早已深深地印在了小勇的脑海中，他在家里弹过无数次，不用思考，手指就能跟着旋律流畅地跳动起来。小勇觉得自己这次弹得格外好，弹到第二段时，他似乎听到竹丛中有响动。他没有在意，仍旧沉浸在音乐的世界中。又过了一会儿，他清晰地听到杂草发出窸窸窣窣的声响，看到草丛正跟随着旋律有规律地左右摇摆。突然，一个黑色的圆球从竹丛中飞蹿了出来。啊，是白面包！在黄昏的薄暮中，白面包圆滚滚的身子尽力伸展开四肢，随着旋律在小勇身前跳起舞来。

"白面包！"

小勇把录音机放到一边，朝白面包奔了过去。白面包一身黑毛乱糟糟的，一点儿都看不出以前的样子，脖子上的丝巾也不见了。但是小勇可以肯定自己没有看错，它就是白面包。

"你这小家伙，没事吧？这段时间跑哪里去了？可担心死我了！"

小勇用双手捧住白面包的脸用力摩挲，白面包也精神抖擞地叫了起来。

"汪，汪汪，汪汪汪——"

白面包快活地在地上打滚，露出软乎乎的肚子。小勇看见它的肚子上粘着好几个像痣一样的小东西。

"咦，这是什么？"

他用手指捏了捏，感到指尖黏糊糊的，仔细一看，只见一个黑豆似的身躯上伸出了八条短短的腿。

"呀！蜱虫！"

小勇惊得一屁股坐在了地上，胳膊上立马冒起鸡皮疙瘩。他仔细地检查了白面包的身体，发现它的脚趾间、屁股上、背上、胸上寄生着好多只蜱虫，有一些已经吸饱了血，有一些正大摇大摆地在白面包的身上巡视领地。

"你这家伙，乱跑去哪儿了？"

没办法，只能先把它带回家去了。今天是周五，每周的这一天是宠物医院的"手术日"，妈妈回家都会比较晚，应该不会被发现。

小勇偷偷地带着白面包回到家，马上钻进了浴室。他先给白面包抹上洗发水，然后从头开始使劲揉搓，再把水龙头开到最大，给白面包来了一次痛痛快快的淋浴，冲走了它身上的那些蜱虫。白面包不喜欢淋浴，开始满屋子乱跑。

"白面包，不要动！我得把你身上的蜱虫弄走！"

小勇使尽全力按住白面包，又开始挤洗发水，大把大把地往白面包身上抹。这是他的第二道作战策略——用大量的泡泡憋死蜱虫。

"嘿，白面包，不要拽！"

白面包一抖动身体，细碎的泡沫就飞进了小勇的眼睛里。小勇用浴巾使劲地擦干白面包的身体，然后带着它回到自己的房间里。他又从食品柜和冰箱里搜罗出好些面包、香肠和黄油。可能是太长时间没有好好吃东西了，白面包的肚子就像一个无底洞，它一直吃个不停。

"白面包，不能叫哦，绝对不能叫！"

白面包用鼻子回以轻轻的咕咕声，那是它撒娇时惯有的声音。

"鼻子也不能哼哟！被妈妈发现就完蛋了。"

小勇看着正开心地摇着尾巴的白面包，陷入了忧愁。

晚上九点过后，妈妈下班回来了。

小勇告诉她他已经吃完饭洗过澡了，妈妈无精打采地点了点头。她看起来疲惫极了，不能再打扰妈妈了。幸好白面包已经睡着了，小勇暗自庆幸。白面包看着比妈妈更筋疲力尽，一躺下就开始呼呼大睡。这样正好。

看着白面包睡着的脸，小勇开始犯愁：白面包只能在家里待一个晚上，之后又该带它去哪里呢？得去一个不会被流浪动物收容所抓到的地方，一个不会被真知和晃太郎发现的地方，一个不会被其他野狗欺负的地方，一个白面包能自己找到食物的地方。能同时满足这些条件的地方，到底在哪里呢？

小勇抱住脑袋，深深地叹了一口气，无意中看向窗外。

眼前是小镇斑斓的灯火，灯火对面是美纳山脉朦胧的轮廓。海拔七百多米的群山连绵不绝，就像一堵结实可靠的墙壁。

小勇记起小学二年级时，有一次他和妈妈两个人一起去爬山。那次，妈妈说："从很久很久以前开始，美纳山上就有数不尽的树木和果实。所以，这里也生活着许多动物，像猴子、鹿等。这里是大自然的宝库。"

小勇躺在床上，一边回想妈妈当时说的话，一边思考着一种可能。

把白面包带到美纳山去吧！

在那里，白面包肯定不会被收容所的人抓住。既然那里住着那么多的动物，说明那里肯定有许多吃的，那白面包也一定不会挨饿。那里还有河流，饮水也不会有问题。那里没有来来往往的汽车，也不用担心白面包会遭遇交通事故。那里还有兔子和小鹿，白面包应该能和小鹿做朋友吧，这样它再也不会孤单了。

或许白面包会因为山里的生活太开心，忘记在野一色镇上的生活呢。不论是和小勇一起玩耍过的神社，还是在神社里只属于小勇和它的音乐会，以及随着《小狗圆舞曲》翩翩起舞的记忆，这些它都可能会忘记。

不过，这又有什么关系呢？只要白面包能一直健康快乐地成长，就都没关系。

　　"对不起，白面包。为了保护你，我要把你扔到美纳山里去了……"

　　小勇轻轻地向白面包道歉。白面包什么都不知道，在梦乡里睡得正酣。

扔掉白面包

第二天，周六的早上。

今天学校放假，但妈妈还是要上班，她像往常一样在八点前就出了门。妈妈竟然一点都没有发觉白面包的踪迹，这近乎一个奇迹。

他从卧室的窗口望出去，可以看到初夏朝霞中朦胧的群山。从小镇到美纳山，大概有二十五公里远。如果中间不休息，一直不停地骑自行车的话，那不用两个小时就能到达。

上午九点，小勇将藏在书桌里的零花钱都取了出来，带上一袋昨天买的面包和水壶出了门。他来到小区楼底下的停车场，将白面包塞到自行车的前车筐里。

六月下旬的天气说变就变，也不知道梅雨季节算过了没有，不过短时间内应该不会下雨。

"稍微忍耐一下啊!"

小勇先骑到附近的杂货小店，给白面包买了一根牵引绳。这种简易牵引绳只要从狗的两条前腿穿过，再在背部打个结固定就可以，不需要额外的项圈。

付完钱后，他在店门前的停车场上就给白面包拴上绳子，并将另一端绑在了自行车的把手上。白面包从狭小的车筐里跳出来，开心地在地上蹦蹦跳跳，浑似一个小黑球。

小勇打算沿着野一色河骑过去，这条河一直通到美纳山。一想到白面包即将拥有的美好未来，他的心里就很激动。他愉快地蹬着自行车，可白面包动不动就会蹭到脚踏板，给他的旅程带来不小的麻烦。骑了好长一段时间，小勇终于看见野一色河的堤坝。堤坝边上是一段宽阔的河岸地，很多人都会在这里跑步健身。

他把自行车驶进河岸地。这里没有汽车，比较安全。春天的时候，堤坝上长满了黄色的油菜花，到了现在这个季节，花都已凋落，只剩大片大片的杂草铺成一幅巨大的绿色地毯。小勇停下自行车，打算在这里休息一小会儿。

刚一下车，他就感觉屁股和腰酸得不行。他把脸冲着天空，使劲地伸了一个懒腰。白面包也有样学样，抬起头看向天空。简单做了一会儿伸展运动后，小勇再次出发了。可能是已经适应了自行车的速度，白面包的脚步也轻快了许多。天空覆盖着一层薄薄的云，所以气温不是很高。迎面吹来湿润的微风，裹住小勇穿着半袖衫的胳膊。没过多久，他的身上就出了好多汗，衣服紧紧地贴在背上。

小勇回头一看，野一色小镇已经离得很远了。高高的堤坝挡住了视线，从河岸地看不见美纳山。途中，自行车的链条与外罩摩擦，开始发出刺耳的嘎吱嘎吱声。他紧紧握住车把手，很快，拇指和食指开始隐隐作痛。

远远地传来鸣笛声，这是野一色小镇上的报时钟，说明已经到了中午。

"白面包，原地休息！"

吱——小勇停下自行车，在河边坐下。他拿出水壶，水壶里预先加了冰块，所以里面的茶水冰凉沁心，喝起来舒服极了。白面包找到了河岸的一个低洼处，抻长脖子也开始饮水。它长长的舌头非常灵活，一直不停地喝啊喝。

突然，有一条鱼跃出河面，水花飞溅，声响回荡在水面。白面包吓了一跳，不由得向后一缩。

"哈哈哈，那是香鱼啦！你这家伙，还是一如既往地胆小啊。"

小勇知道这样嘲笑别人不好，但是胆小的白面包看上去傻乎乎的，实在太惹人怜爱了。

随着河流区域的变化，河岸上的风景也跟着变了。从之前的野草丛到现在紫色的蓟草田，小勇怎么看都看不腻。不经意间，他们已经到达河流的上游。小勇牵着白面包，推着自行车，开始攀爬小山坡。美纳山就耸立在身前不远的地方。

"看，白面包！不知不觉中，咱俩已经来到美纳山的山脚附近了呢！"

站在堤坝上，可以看见彼端遥远的野一色小镇就像一颗小豆子，而近在眼前的大山却是如此雄浑苍翠，小勇被深深震撼到。对面是一条马路，一直通到美纳山的山脚下。他下到马路上，再次跨上自行车。这是一条单行道，非常狭窄，而且正在施工。柏油路面斑驳得宛如一块拼布般满是补丁，地面到处坑坑洼洼，小勇骑在上面，屁股被颠得生疼。

"啊，肚子好饿！白面包，咱们得在哪里买点吃的。"

他很想停下来，可是周围连便利店的影子都没有。这里只有一望无际的农田，连人家都很少见。也不知道这里的居民都是在哪里采购生活物品的？小勇不由得为他们操起心来。他打起精神，启动身上的无线电探测器搜索，可惜不管怎么努力，都丝毫没有感应到商店的存在。

他又骑了将近两公里，终于发现了一家破旧的商店。

"哇，太棒啦！白面包，前面有一家商店！"

小勇此时心中的喜悦不亚于在沙漠中挣扎了很久终于看见绿洲的旅人。

一张年代久远的小牌子上写着"森园商店"几个字，锈迹斑斑，似乎下一秒就会掉落。店门口随意地立着一把竹扫帚和一个捕虫网。屋檐上吊着三顶草帽，草帽因为长久的日照已经看不出本来的颜色。要不是帽檐上挂着"七百日元"的价格标签，小勇绝对会以为这是店主人自己用的草帽。

这个店不会已经倒闭了吧？他有些担心。勉强按下心中不安，小勇决定拉开破旧的木门。木门有些变形，很难打开。他好不容易才从门缝中挤了进去，一阵沁人心脾的凉爽霎时扑面而来，激得他的胳膊上都起了鸡皮疙瘩。店里面没有浇水泥或铺地板，裸露的泥地被踩得结实光亮。

商店里很幽暗，架子上摆的东西零零散散，每一样看上去都有了一些年头。

"有人吗？"小勇朝里面大声喊道。

没有人回应，他又大声喊了一遍。

"您好!"

"听到啦!"

突然，从小勇的背后传来一个人的声音。他吓了一大跳，转身一看，发现门口站着一个矮得离奇的老婆婆。再定睛一瞧，哎呀，原来她只是驼背了而已。不过，她到底是什么时候冒出来的呢?

老婆婆头上缠着一条毛巾，毛巾下钻出几缕蜷曲的白头发。她身上穿着单薄的和服，脸上全是皱纹，一双大眼睛却依旧炯炯有神，简直就像童话故事里经常出现的山婆婆一样。

"哎呀呀，这位小少爷，没见过你啊。你从哪儿来的?"

"野一色小镇。"

"一个人来的? 你来这儿，是打算往哪儿去啊?"

"我……我不是一个人来的。我和我哥哥一起，正在骑车环行，打算在美纳山吃完饭就回家。"

小勇战战兢兢地回答，老婆婆有些不怀好意地打量了一眼躺在自行车边上的白面包。

"你哥哥，是初中生吗?"

"不，是高中生。他先走一步，在美纳山上等我。"

小勇觉得老婆婆一定已经看穿了自己的谎言，心里一阵尴尬。他赶紧装作找东西的样子，避开对方的视线。

商店角落的架子上摆着面包，旁边是电灯泡、蜡烛、毛巾、洗发水等生活用品，最边上甚至还有一升装的酒。这种陈设方式真是有些乱七八糟。小勇拿起一个红豆面包，没管价格，首先检查了一下生产日期和保质期。在这种店里，这些才是最需要注意的。店里的光线不好，看不太清，小勇非常努力地看，发现面包比预想的要新鲜一些。看来，老婆婆还是很负责地在管理商品的嘛。

除了自己吃的，还要准备一些给白面包，小勇挑了火腿面包和奶油面包，共五个，还从冰箱里拿了一包牛奶。在这个狭小的商店里，角落里还放着一个脏兮兮的玻璃箱，里面铺着一张报纸，上面放着油炸番薯和鱼卷。它们都没有包装，也就看不到生产日期和保质期，不过看上去很好吃的样子，小勇各买了一个。所有这些加在一起，一共八百三十日元。老奶奶最后免去了三十日元的零头，不过比起一般的超市，还是贵上许多。

"小少爷，现在开始爬山的话，下山回家估计会很晚了。你认识路吗?"

小勇诚实地摇了摇头。

"登山口离这里近吗?"

"哎呀呀，连登山口在哪里都不知道就来了啊。美纳山啊，再往里走一点儿就是了。"

小勇听了老婆婆的话，往商店外走去。他从狭窄幽暗的店里出来，抬头一看，发现对面就是苍翠的美纳山。啊，这就是美纳山，有着摄人心魂的魅力！

"哇——太美了！"

"是吧，是吧，不管什么时候看，都是让人敬佩的大山。它是我们的活力之源。只要看见这座山，任何人都会变得有活力。啊哈哈哈——"

老婆婆一边笑着，一边挺直身子，看起来至少高了三十厘米。

"小少爷，你知道吗？美纳山啊，一年四季都有不一样的颜色呢。"

"真的吗？"

"当然了。春天，它是朦胧的烟绿色。秋天，它是燃烧的赤红色。到了冬天，它被白雪覆盖，浑身上下渗出一丝袅袅的蓝色。"

现在是初夏，美纳山被梅雨浸润，焕发出水润光泽的翠绿色。春夏秋冬，每一个季节都有各自的特色，美纳山正如它的名字一样，收纳着大自然一年四季的美。

据老婆婆说，她在战争时期，为了躲避空袭，曾被自己的母亲抱着躲进了山里。在山里，她们摘树上的果实吃，挖地里的山芋吃，到了最后，甚至把蛇、青蛙和杂草一起煮了吃。

哇，老婆婆真是越来越像童话故事里的山婆婆了！她说山里现在还到处遗留着当时挖的防空洞。

"从里边的路爬上去，就能进山了。小少爷，要当心啊！"

老婆婆说完，摆摆手，目送小勇和白面包继续往前走。

沿着小路一点点往山上攀爬，小勇气喘吁吁。

进到山麓区域，小路的两边变成了树林，地上随处可见裸露的巨石。为防止泥石流，金属网一直架设到悬崖边，路上还竖着许多"小心岩石掉落"的标识。小勇以前从卧室窗口眺望美纳山，总觉得大山温厚得令人心安，现在走近了，才发现根本不是那样的。

据老婆婆说，登山口有好几个，从这条小道走的话，离得最近的是"调弦登山口"。"调弦登山口"这个名字，源于有一条瀑布从山上滚滚而下，冲击岩石，在森林里生出回响，仿佛是谁特意用乐器演奏出来一般。

再往上走了一会儿，小勇看见一个停车场。这个停车场很小，只能停几辆车，旁边立着一块老旧的牌子。啊，是地图！他上前查看，发现半山腰往上一点儿的地方有一条瀑布，叫"调弦瀑布"，而在瀑布上方有一个瞭望台。看来，这个停车场就是登山口了。

地图上说瞭望台的海拔有五百七十八米，从那里应该可以眺望整个野一色小镇吧。小勇觉得，在瞭望台上和白面包分别是最合适的，那里风景好，能让他心情舒畅地与白面包告别。他看向白面包，看到它正愣头愣脑地看着自己，也不知道它能不能理解自己现在的心情。

小勇把自行车停在停车场的一个角落。这种地方应该不会有小偷，不过保险起见，他还是老老实实地给车锁上锁，把钥匙装进了口袋里。

"好嘞，白面包，我们出发啦！"

白面包看着小勇，"汪"地叫了一声，天真无邪地甩着尾巴。

登山口周围的杂草树木事先被人清理过，看起来就像一条隧道，仿佛森林张开的大口，再往上是蜿蜒的土台阶。小勇握紧牵引绳的绳套，和白面包并排开始攀爬登山道。

所谓登山道，不过是去除了大石头和杂草的土路，说不上特别好走。有些台阶特别陡，踏面又是溜圆的，上面长满青苔，很容易滑倒。幸好边上拦了细绳索，勉强能当作扶手，而这不牢靠的扶手的另一侧就是陡峭的山崖。

越往上爬，森林就变得越茂密。小勇的头上是遮天蔽日的树木，脚下是层层叠叠的落叶，落叶下隐藏着小石块。他穿的不是专业登山靴，只是普通的运动鞋，每当踩到小石块，脚腕就好像扭到了一样，隐隐作痛。

"等等我，白面包！"

白面包跑得欢快极了，可小勇一点儿都不愉快。这没完没了的登山路，让他实在有些吃不消。

叫不出名字的昆虫们在森林深处此起彼伏地鸣叫，小勇听着感觉瘆得慌。这里简直就像热带雨林一样！森林里大部分都是高大的杉树，杉树靠近地面的树枝都被弄断了，只剩躯干笔直地伸向天空。登山道幽暗不清，弯弯曲曲地向上蜿蜒。这里只有树和草，没有任何可以称为风景的地方。小勇甚至都不知道自己现在身处大山的哪个位置。

山坡慢慢陡了起来。即使是白面包，也开始伸出长舌头哈哈地喘大气。它看上去不太好受。不过，小勇和白面包还是坚持着，一人一狗一门心思往上爬。终于，他们看见了一块竖立的木牌。

木牌上写着"五合目"①的标识，除此之外还有一张地图。地图显示，此处距离小勇想要去的瞭望台还有差不多一半路程。木牌上说他脚下的这个山坡叫"俯首坡"，果然名副其实！刚才登山的时候，小勇一直低头牢牢地盯着脚下，就怕被山坡上的小石块或草藤绊住脚，这可不正是"俯首坡"嘛。

后面的路越发险峻了，地面上布满青苔，不时可以看见泥石流冲刷后留下的沟壑。又过了一些时间，小勇的视野变得明朗起来。森林到这里好像中断了。他静下心，听见了流水的声响。

"白面包，有小溪！这附近有小溪！"

小勇拉着牵引绳的绳套，带着白面包往水流声的方向走去。

原来这儿就是调弦瀑布。唰——唰——瀑布从教学楼屋顶那么高的地方冲下来，水量很大，最后都汇集在潭里。水落到岩石上，水花霎时飞溅开来，乘着清风旋舞。阳光照在水之幕布上，画出一道巨大的彩虹。这里比传说

---

① 日本山岳用语，一般用于被视作信仰的山峰（比如富士山）。从登山口到山顶的路被分为十个部分。登山口就是"一合目"，山顶是"十合目"，"五合目"差不多是在半山腰。

中学校里的"能量点"厉害一百倍！

小勇闭上眼睛，沉下心，竖起耳朵仔细倾听。

唰——唰——唰——唰——唰——唰——唰——

他只听到了唰唰声，听起来不像是弦乐器演奏出来的旋律。然而，当他睁开眼睛抬头看的时候，音乐什么的都被彻底扔在了脑后。这瀑布太神奇了！天空仿佛破了一个大口子，天上的水一下子全从那里倾泻了下来，简直不可思议！

小勇说不出话来，好一会儿只是呆呆地看着眼前的这片景象。突然，他觉得脚腕痒痒的，低头一看，发现原来是白面包在拿舌头舔他。他刚才一心只想着快点爬上来，都没有注意到自己的脚上已伤痕累累。

唉，早知道不穿短裤过来了，小勇有些懊恼。白面包在旁边不安地叫了叫。

"这点小伤，没事的。不要担心。"

他仔细打量周边的杂草地。这里生长着各种各样的植物：有的叶子大，有的叶子小；有的叶子圆圆的，有的叶子尖尖的；有的叶子是绿色的，有的叶子是红色的。这些植物中，小勇只认识一种——艾蒿。艾蒿，又名"止血草"，叶子可以入药，也可以食用。以前外婆在世的时候，在院子的角落里种了许多，用来做天妇罗或者捣碎放在年糕里吃。

他摘了几片叶子，细细地用手揉碎，闻到一股呛鼻的草药味。

"呀，真难闻!"

小勇把揉碎的叶子抹在脚腕上，很快止住了血。这是以前外婆教他的。

接着，他在小溪边的岩石上坐下，白面包也疲惫地趴在了地上。小勇平时从来没这么劳累过，一旦放松下来，就觉得双脚像灌满了铅，重得动都动不了了。嗓子也很渴，他拿出水壶，咕咚咕咚地喝了一些水。白面包伸出长长的舌头，够着溪水喝了起来。

现在什么时候了？小勇觉得自己进山起码有两个小时了。

"白面包，我们走!"

没有时间再磨蹭了。小勇半强硬地拽着牵引绳，拉着不情愿的白面包回到林中的登山道上。他小心注意脚下的地面，埋头往上走。现在，他基本上已经适应了这条路，倒也不会摔倒，只是觉得越来越累。登山道上的岔路口不多，每个岔路口上都设有指示牌，所以不会迷路。没一会儿，小勇眼前的树木渐次稀疏起来，周围又变得敞亮。他看到路边有一个斑驳的指示牌，上面写着"离瞭望台还有

200米"。

"太好了，马上就能到瞭望台啦！"

看到这几个字，小勇的身上又涌出了干劲。他拽着白面包，朝着目标发起最后冲刺。

森林消失了，一片广袤的蓝天呈现在眼前，这里就是瞭望台！不过左看右看，这个瞭望台都显得很寒碜：一个又小又破的亭子，孤零零地伫立在山顶上。

"欸？这里就是瞭望台？"

小勇不由得怀疑自己是不是走错了地方。

瞭望台边上是一片草地，上面长满了杂草。小亭子里摆着一张小桌子和几把小椅子，看材质应该是就地取材，砍了旁边的树干做成的。它们质地粗糙，但对爬山到这里的人来说，真是雪中送炭一般的存在。

小勇坐了下来，将背包放到桌子上。

会当凌绝顶，一览众山小。这个瞭望台本身虽然不气

派，但从这里看到的风景
真是棒极了，空气也很清
新。野一色河像一条巨蟒，
从平原上蜿蜒穿过，顺着
它望过去，就是小勇生活
的野一色小镇。他深深地
吸了一口气，感到身体里
的疲劳一扫而空
了。白面包俯视
着下面，开始
"汪汪汪"地大
声叫唤起来。

　　小勇解开白
面包脖子上的牵
引绳。获得自由

的白面包左闻闻右嗅嗅，开心地在周围跑了起来。不一会儿，它将一只脚搭在亭柱子上，立起后肢，惬意地撒了一泡尿。哈哈，白面包是一只公狗呢！

"好饿——"

好不容易到达山顶，但比起成就感，饥饿感更凶猛地朝小勇袭来。肚子里的馋虫似乎也已经被活活饿死，不会叫了。

小勇把背包倒过来，将里面的东西全都倒了出来，只有一些面包和一瓶温吞的牛奶。他拿出一片从家里带来的吐司扔给白面包，白面包连嚼都不嚼一下，整个囫囵吞了下去。它也饿坏了。

"白面包，不要着急，噎着了会死的！"

这是与白面包在一起的最后一天，对小勇来说，是非常珍贵的时光。

"别动，等一会儿，听我指挥！"

小勇比了一个手势，白面包在他的脚边眼巴巴瞅着，等待着它的小主人发出指令。

他又扔了一片吐司，这一次扔得比较远。吐司在半空中画出一道弧线，白面包高高跃起，一口叼住。白面包看着蠢萌，运动神经却很发达。

"白面包，你好厉害，都可以去参加接飞盘比赛了！"

白面包似乎听懂了小勇的表扬，在地上开心地打了一个滚。

轰隆——轰隆——

天上突然传来阵阵轰鸣声，小勇抬头一看，滚滚黑云在头顶上飞快地流动。原本湛蓝的天空瞬间被乌云笼罩，一道闪电蹿了出来，似乎要将天空劈成两半。时间已近傍晚。

糟了，没时间了！

小勇三两口吞下奶油面包，咕咚咕咚地灌了几口温吞的牛奶，接着又吃了一个面包。正打算撕开第三个面包时，他停下了手。两个就够了，剩下的这些都留给白面包吧。

他把剩下的东西全放在地上。白面包一边甩着尾巴，一边嘎吱嘎吱地大嚼了起来。小勇捡来一个空罐子，把剩下的牛奶也倒了进去。

是时候告别了！趁着白面包不注意，就这样告别吧！

白面包，永别了——

小勇在心里默默地说道。

大自然来袭

小勇很快离开了瞭望台。

白面包一心扑在吃的上面，没留意小勇的动作。小勇悄悄地躲到树丛中，然后一个转身，快速地在登山道上跑了起来。他一个劲地盯着地面，不断地跑啊跑，跑啊跑。路边延伸出来的枝叶不时地打到小勇的脸颊，生疼生疼的，但是他都没有在意。他甚至忘了呼吸。两旁的树木成了一道道绿影，从他的视野里飞快地掠了过去。

此时此刻，白面包应该已经发现了吧？

恍惚间，小勇似乎听到白面包的叫声乘着风回响在耳畔。他不由得回头张望。没有，哪儿都没有白面包的身影。

对不起，对不起……

他的脚被石头绊了一下，差点摔倒。胸口隐隐作痛，腹部也疼了起来。就在他快要瘫倒在地的时候，小勇终于停下了脚步。

不行，跑不动了……

小勇的双手紧紧撑在树干上，低下头大口大口地呼吸，刚刚吃下的面包和牛奶差点儿就吐了出来。哐当哐当，胸口像有个小人在敲锣打鼓，他的膝盖止不住地颤抖。

呼呼呼呼呼……

天地间除了自己的喘息外，似乎再也听不见别的声响了。之前林中恍如急雨的虫鸣声，也不知道消失在了哪里。小勇好不容易才抬起头，环顾四周，心中不禁一紧。

他看到周围全是大叶竹，之前上山时根本没见过这么多的竹林。

这里不是登山道！

这是哪儿？

小勇觉得刚刚还在迅猛奔腾的血液，唰的一下全凝结了一般。他艰难地咽了一口唾沫，却卡在了喉咙里。竹叶在风中摇晃，发出哗啦哗啦的声响，一直回荡在森林里。

天色越来越暗。

看来是刚才只顾埋头跑，走错了岔路口。那接下来应该怎么走?

竹叶开始在风中起舞，仿佛要抹去小勇的来路和去路。他只觉脑海中一片空白。

轰隆隆——

惊雷再次在耳边炸响!闪电从林中蹿过!小勇一边捂住耳朵，一边抬起头从树隙中朝天空看去。墨黑色的阴云牢牢地笼罩着美纳山的上空，眼看着随时可能下起瓢泼大雨。

"白面包!"

小勇不禁大声呼唤白面包，但是没有回应。

天色越来越暗。他只能凭着感觉，在森林中慢慢地摸索。好不容易穿过竹林后，他又迷失在另一丛高高的草木中。这里都是八角金盘，每一片叶子都像人的手掌一样，密密麻麻地簇拥着小勇。它们在风中飘摇，仿佛在邀请他快点投入黑暗的怀抱。小勇心里直发毛，害怕极了。

咔嚓——

旁边传来什么声响，小勇抬头，只见一双血红的眼睛在黑暗中闪闪发光。他本能地往后退，血红的眼睛眨眼间蹿到了他的右边。那是一只长着褐色皮毛的野兔!它在十米开外蹲了下来，一动不动地牢牢盯着小勇。小勇只见过作为宠物的白色小兔子，那些小兔子都又可爱又乖顺，与眼前的这只没有半点相像。这只野兔浑身上下覆盖着像刷子一样的硬毛，粗糙的长脸上写满了野兽特有的警惕！

小勇屏住呼吸，打量周围，发现自己误闯到了野兽的领地里。地上到处都是各种野兽的粪便，周边的杂草也有被啃咬的痕迹。他慌忙穿过这片林地，来到一片平地，刚松了一口气，发现路又开始变得陡起来。他已经完全分不清东西南北，感觉自己不断在同一片区域里打转。他越来越着急，越来越害怕，只觉得自己在森林腹地里越陷越深。

这是惩罚！

这是遗弃白面包的惩罚！

惩罚化成了黑影，不断地追逐着自己！

小勇的手上和脚上有好几个被山蚊子咬的大包，还有好多被草叶割开的伤口，又痒又疼。现在这个季节明明不冷，他身上却一直起着鸡皮疙瘩。

"白面包……救救我……"

小勇觉得自己马上就要被黑暗吞没，不由得叫了出来。自己已经走了多久呢？两个小时？三个小时？他已经没有头绪，恍惚间，仿佛听到前方传来流水声。

是小溪！这附近有小溪！只要沿着小溪往下走，肯定可以到达调弦瀑布！

小勇终于看见了希望的曙光，潺潺的流水声化作某种令人振奋的旋律，给他带来继续前进的力量。他迈开腿，分开草丛，艰难地走出一条从没有人走过的路。渐渐地，流水的声音越来越大。他好几次被草藤绊住，差点摔倒，但心早已飞驰到了十米开外。

"啊——！"

他迈开大大的步子跨过一片草丛，却一脚踩空。

一声惨叫迅速被黑暗吞没，草丛那边，是一片悬崖！

朦朦胧胧之中，小勇觉得一直有东西在舔自己的脸。

温热湿润的感觉并不令人生厌，伴随着轻轻的呜呜声，一阵鼻息喷在了小勇的脸颊上。他的意识瞬间清醒了。他努力慢慢睁开眼睛，在一片黑暗中看到了白面包隐约的轮廓。

"白面包，是你吗？"

小勇伸出手，抚摸白面包的脸。真好，这不是梦！站在眼前的，确实是白面包！

白面包小声地叫着，小勇想站起身来，右脚却传来钻心的疼痛。扭头一看，他发现右脚脚踝有些肿，拿手一探，感到滚烫。他试着微微地弯了弯脚趾，还能动，接着又试着微微地转了转右脚，很疼，但勉强也能动。看来没有骨折，只是脚踝扭了。小勇暂且放下心来，轻轻地吐出一口气。他在周围找到一根树棍，捡起来当作拐杖，支撑着自己慢慢地站了起来，并试着把重心放到右脚上，幸好还能走。

小勇抬头看自己刚刚摔下来的悬崖，大概有四米高。如果没有这些茂盛的草作为缓冲，从这个高度直接摔到坚硬的岩石上，死了也不奇怪。

白面包在旁边看着小勇，眼睛里是满满的担忧。

"没事的，不要担心。"

小勇用力地揉了揉白面包的小脑袋。

唧唧唧唧唧唧唧唧……

咔呐咔呐咔呐咔呐……

黑暗中不断传来日本叶蝉宛如古乐器的拍翅声和特有的鸣叫声。都还没过梅雨季节，美纳山森林里的叶蝉就已经开始活跃，这小勇还是第一次知道。他竖起耳朵，静下心，听到了潺潺的溪流声。听声响，小溪应该就在这下边。他扒开杂草，探出身往下看，发现了一片别样的天地。

溪面上飞舞着无数的萤火虫，交织出绚丽的光彩。它们在夜色中点亮一盏又一盏霓虹灯，一会儿飞到这边，一会儿飞到那边，拖曳出一道长长的光的炫影。成百上千的萤火虫穿透夜的黑暗，描绘出光的艺术。小勇完全忘记了脚上的伤痛，睁大眼睛，牢牢地盯着眼前的世界。

啪嗒，啪嗒。

突然，天上砸下豆大的雨点。萤火虫的霓虹灯一盏盏熄灭。一道惨白的闪电划破夜空，雨越来越大。

这么大的雨，单靠周围大树的遮挡肯定是不行的。小勇想找个可以避雨的地方，可是到处是漆黑一片，他根本不知道应该去哪里。

白面包往树丛中跑去。

"白面包，你去哪儿?"

小勇跟跄地追在白面包的身后。白面包的身影很快消失在了茂密的草丛中，他只能听见它低沉的叫声不时地从草丛中传来。仔细一看，原来山壁上有一个岩洞！岩洞的入口被草挡住了，看样子应该有一米半宽。

白面包从岩洞中探出头来，使劲地摇晃尾巴，似乎在催促着小勇。小勇下定决心，跟进了岩洞。

他先是闻到一股呛鼻的霉味，等眼睛慢慢适应后，才又慢慢地看清了岩洞的全貌。靠近洞口处是嶙峋的石块，里面的红土被刨开形成一块圆形的空地。它比想象中大许多，至少可以容纳十多个人。

很明显，这不是自然形成的岩洞，应该就是那个老婆婆说的防空洞。

防空洞不防寒，小勇觉得身上好冷。现在几点了？九点？平时这个点，他刚吃完晚饭，正准备舒舒服服地洗个澡。妈妈该到家了吧？她发现自己不见了吗？

竟然在美纳山里迷路了，估计妈妈怎么也想象不到吧。

好想回家，好想妈妈……

泪水涌了出来。他的肚子也很饿，伸手往后一摸，发现背包不知道什么时候不见了。算了，包里本来也没什么食物了，留着一个空包也是累赘。

白面包嘴里叼着什么东西过来了。那东西战战兢兢地发出奇怪的声音。

咕呱——咕呱——

"呀！是牛蛙！好恶心！"

白面包叼着的是一只巨型牛蛙。作为小狗，白面包的胆子一直很小，不过从眼下的情形来看，它应该是不怕蛙类。牛蛙挣扎着想逃跑，白面包迅速伸出前爪压住，利索地一口吞进了肚子里。这是它作为一只野狗，长期以来培养出来的生存本能。真厉害！即使是在此时的环境下，小勇还是忍不住要为它强悍的生命力喝彩。过了一会儿，白面包不知道又从哪里衔来一只牛蛙，不断地往小勇跟前送。

"什……什么意思，你是说让我吃吗？不不不，我不吃。"

现在又不是战争年代，人怎么可能吃牛蛙呢？估计老婆婆他们躲在这里的时候，在不得已的情况下也吃过很多奇怪的东西，只是现在，小勇不愿意去想象。

"谢谢你，白面包。我不吃，你自己吃吧。"

小勇虽然没有吃，但还是非常感激白面包的心意。也不知道白面包是不是听懂了，它乖乖地低下头自己吃了起来。小勇不由得笑出了声，世界上再也不会有比白面包更好的伙伴了。

对不起，白面包！

你是我的朋友，我唯一的、珍贵的朋友！

小勇紧紧地抱住白面包，白面包的身体像一个温暖的热水袋。它看上去也很累了，安静地待在小勇的怀抱里一动不动。一人一狗，听着外面的夜雨声，不知不觉进入了梦乡。

天还没亮，小勇忽然被冻醒了。好冷！好一会儿，他才想起自己现在身在何处。

他没有起身，趴着探出头去，打量防空洞外的世界。雨已经停了，夜空中还挂着几颗闪烁的星星。天离得很近，似乎一伸手就能够着。星星发出白色闪耀的光芒，不亚于萤火虫的绚丽光彩。弯弯的月牙从云层间探出脑袋，柔和的光晕覆盖着大地。

可能是已经适应了黑暗，小勇仅靠朦胧的月光也大致看清了外面的景色。虫鸣声、叶子的簌簌声，在此时此刻变得分外清晰。他处在纯粹的自然中，觉得自己的眼睛、耳朵和鼻子都仿佛被淬炼了一遍，变得像动物一样敏锐。

"回家！白面包，和我一起回野一色小镇吧！"

小勇下定决心，打算再次央求妈妈，允许他把白面包养在家里。即使不能再住在公寓里面也没有关系，白面包是自己的家人，是不可替代的家人，只要能和它一起生活，不管搬到多破的小屋都可以忍受。

他紧紧地握住手里的木棒，从防空洞走了出来。他相信只要一直沿着小溪走，肯定能走到调弦瀑布那里。

小溪边上长满了又矮又软的小草，最多到脚踝高。白面包安静地走在小勇的身边。一路都很顺当，一人一狗走了差不多一千米。慢慢地，溪畔的小路变得越来越窄，渐渐被裸露的山崖吞没。小勇一步一步小心落脚，生怕自己掉入小溪。突然，一块巨大的岩石出现在眼前，挡住了他的去路。岩石上只长着一株孤零零、颤巍巍的小树，就好像晃太郎胳膊下那根神奇之毛。它到底是怎样在这么贫瘠的岩石上扎根的呢？

"明明只剩一点儿路，马上就能到了……"

岩石就像一头拦路虎，小勇没法翻过去。他能听见调弦瀑布就在岩石后的不远处，便更感到遗憾了。

"没办法，还是折回去从森林里走吧！"

小勇只能更换路线。森林里和小溪边完全不一样，到处都是又高又密的杂草，他必须非常谨慎地寻找下脚的地方。他用木棒扒开挡在身前的杂草，走出一条从没有人走过的路。他不敢离小溪太远，一边仔细地在脑海中比对自己前进的方向和小溪的位置，一边深一步浅一步地往前慢慢挪。

越往前走，树木越稀疏。他终于到达一个比较开阔的地方。这里的草都很矮，看上去是一片平地。

"白面包，我们休息一下吧！"

小勇的脚踝隐隐作痛，肿得老大。他坐在一棵横倒的树干上，轻轻地揉了揉右脚。不知为什么，白面包显得非常不安。它不停地抽鼻子，开始在周围不断转圈。

"白面包，你怎么了？"

白面包嗅着地面，地面上有一些像用铲子铲出来的坑，数量不少，坑的边上还伏着一圈圈凌乱倒下的杂草。小勇心里一惊。这里是森林腹地，绝不可能有人特地过来挖坑，这些到底是什么？

他看到旁边的几棵树干上缠着一团团毛发，大概都有三四厘米长，又粗又硬。没有错，这肯定是某种动物的毛。

好奇怪，这里好奇怪！

冷汗唰的一下从小勇的后背流了下来。小勇下意识地咽了口唾沫。咕噜一声，敲打着他的鼓膜。他仔细地观察周围，看到杂草藤蔓像蛇一样缠住树的枝干，每一株藤蔓上都长着心形的小叶子。他扒拉开其中一株，看见半拱出地面的芋头。这是山芋。

突然，白面包向着森林深处不断低声地咆哮。接着，五十米开外的草丛中传来"咔嚓"一声轻响，似乎在呼应它的咆哮一样。白面包的耳朵像雷达天线一样立起，它朝着声音的方向大叫起来。

咔嚓，咔嚓……

林中不断传来枝叶的摩擦声，小勇可以肯定草丛中藏着什么动物，而且不止一只！

白面包身上的毛都倒竖起来了，它不断朝着黑暗中的一处咆哮。

哗啦——

这一次，连小勇都切实地感受到了某种气息。未知的生物正在黑暗中窥视着他们！几双眼睛反射着月光，在黑夜中幽幽闪烁，放射着强烈的敌意。小勇身上的鸡皮疙瘩全起来了。

突然，地面震动了！

10

黑夜中的战斗

——有什么东西冲过来了！

黑暗的幕布终于拉起。一团巨大的黑影划破黑夜，飞蹿了过来。是野猪群！七头野猪，宛如七个硕大的金属大圆桶一般，滚了过来。

这里是野猪群进食的场所，那些被獠牙啃咬的树干正是它们领地的标识，而不小心闯进来的小勇毫无疑问被它们当作了妄图侵占领地的不速之客。

七头野猪没有任何犹豫，直直地向小勇扑了过来，浑身上下散发出可怕的敌意。看到野猪群的瞬间，小勇的双腿止不住地颤抖，啪的一声直接坐在了地上。

"救……救命！"

他张口呼救，可是听不到任何回应。必须快点跑！他在心里不住呐喊，可是恐怖凝聚成了锁链，牢牢地锁住了他想要逃跑的脚步。他甚至直不起腰来，整个身体都软了。

咚！咚！咚！

野猪奔跑的力量顺着地面不断传过来。没办法了，小勇认命地闭上了眼睛。

这时，身边的白面包突然大声地叫了起来。

呜汪——呜汪——呜汪——

它的叫声尖厉响亮，似乎要将美纳山劈开。野猪突然都停下了脚步。

刚才那个真的是白面包的声音吗？

小勇睁开眼睛，看着白面包。月光下，白面包身上的毛泛着幽幽的黑光，一根根像针一样竖直，锐利的眼神有如尖刀一般，凶狠地盯着身前的野猪群。这是野兽的面孔！

白面包蹿到小勇身前，微微弓起身子，低声咆哮着，保持着随时进攻的姿势。它的爪子不断地刨着地面，飞溅起许多草屑。在本能的驱使下，它像箭一样蹿了出去。它斩断树枝，划开树叶，扯开藤蔓，向着森林深处冲了过去。它的身上没有一丁点儿胆怯的痕迹!

小勇摇摇晃晃地站了起来,躲在旁边的树干后面。

白面包站在野猪群的正前方,向它们下了决一胜负的战书。

决战双方撞在了一起。最前面的野猪弓起身子,低下头,想把白面包顶飞。可白面包的身体藏得更低,简直像贴在了地面上。在草丛的掩护下,它从野猪群的视野中消失了。野猪慌忙抬起头张望,就在这个千钧一发的瞬间,白面包从草丛中跳了出来,从下方狠狠地咬住野猪的脖子。

野猪发出一声惨叫,庞大的身躯猛地哆嗦起来。它不住地晃动硕大的脑袋,想将白面包甩出去。白面包看上去就像一只脆弱的纸蝴蝶,但不管野猪怎么晃、怎么甩,它都死死地咬住,没有松口。

痛苦的野猪直起后肢,后仰的身躯弯成了一把弓。白面包的身躯被暴露出来,旁边的野猪围了上来,不断用脑袋撞击它的腹部。

咚——

随着一记肉体的撞击声,白面包的身体从半空中划过,后背狠狠地砸在了地面上。它一个打滚,迅速立起身体,又调整成迎敌的姿势。就在这个瞬间,三头野猪同时

奔袭过来。白面包左蹦右跳，同时抵挡住三头野猪的攻击。

真是千钧一发！然而，另一头野猪突然用头猛撞一棵小麻栎树，伴随沉闷的声音，树干抖动起来，撒下无数的叶子，似乎要混淆白面包的视线。

白面包没有被这些迷惑，只是牢牢地盯住领头的野猪。本能告诉它，擒贼先擒王，这头野猪就是老大！

这……这是野兽们的战斗吗？

小勇被恐怖束缚住了身体，一动不敢动，只能躲在树干后悄悄地观察战局。

白面包明明那么胆小，此时此刻，它到底是从哪里涌出的勇气呢？那七头野猪都比它大许多，领头的更是比它大了至少五倍。然而，白面包一点儿都顾不上小勇的担心，它的眼中只有敌人。它狠命地撕咬，然后逃开，再瞅准时机扑上去撕咬，接着再次逃开。这块平地已然变成了战场，双方愤怒的嚎叫和惨叫不断交织。这是一场生死决斗！其他几头野猪不敢再上前，它们怕自己也会被白面包盯上，只敢远远地围观着。

白面包又亮出尖牙。这一次，野猪老大也没有露出一点儿破绽，它没有贸然突进，两颗獠牙就像两把从下颚伸出来的宽刃菜刀，威胁着对方。白面包不断地左右腾挪，像钟摆一样画着弧线。

　　野猪老大目不转睛地盯着白面包。白面包只是执拗地向着野猪老大的脖子进攻，可惜每次都被野猪老大用鼻子打了回去。野猪老大的呼吸变得越来越急促。很明显，身体轻巧的白面包更适合这样的持久战。

　　这时，白面包发现一个很细微的破绽，马上像弹簧一样跃起。这一次，它放弃了对方的脖子，狠狠地咬住野猪老大的左耳！

　　白面包和野猪老大纠缠在一起，倒在了草地上。因为被咬住了耳朵，野猪老大直不起身来，只有四肢在空中徒劳地乱蹬。白面包用前脚抵住它的脸，咬着它的耳朵狠狠地一甩脖子。

　　嗷——

　　森林中响起一阵凄惨的叫声。

　　耳朵上流出的鲜血染红了野猪老大的脸，眼睛在血水中眨了好几下，看上去简直就像来自地狱的恶鬼一样。但即使被咬掉了一只耳朵，野猪老大也没有丧失战斗意志。它反而变得愈加疯狂，甩了甩糊在脸上的血，恶狠狠地盯着白面包。它浑身都在颤抖，喘着粗气。

　　白面包和野猪老大身上都热气腾腾，看起来就像黑夜中飘浮的妖气。

野猪老大继续用尖利的獠牙不断攻击，不过动作渐渐地变得迟钝。它本想拱起身躯，结果踩在草上的脚一个打滑，瞬间失去了平衡。白面包怎么可能错过这个机会！它张大嘴巴，再次瞄准野猪老大的脖颈快速地咬了上去。汽笛一样尖厉的惨叫声从野猪老大的嗓子眼里挤了出来，它喘不过气来了。

白面包和野猪老大一直打到了小勇藏身的附近，其他六头野猪也一起围了过来。白面包被团团围住了，难以招架。

"快逃！白面包，快逃！"

小勇大喊起来。然而，他看见其中一头野猪的獠牙顶向了白面包的腹部。长獠牙刺破它的腹部，整根没入其中。刹那间，白面包像触电似的挺了挺腿。那头野猪猛烈地晃动脑袋，白面包的身体像一个破败的洋娃娃，在空中被甩来甩去。就在野猪把獠牙抽出来的瞬间，有什么东西从白面包的腹部滑了出来，仔细一看，那是它的肠子！

"白面包——！"

小勇大声地叫着它的名字。可即使这样，白面包还是死死咬住野猪老大的脖子。随着野猪老大不断的挣扎，白面包身上的鲜血不断溅在旁边的小勇的胸上和脸上。

白面包……

我，我该怎么办？

再这样下去，白面包肯定会死！

那我该怎么办？白面包是在为我战斗，我又怎么能见死不救？

不，一定要镇定！这个时候，只有我能救它！

可是，无论如何小勇都迈不出第一步，他的膝盖在不断打颤。

——神啊，请你赐予我勇气吧！

小勇抬起头望着天空。弯弯的弦月皎洁如冰，放出白色的光芒。

——求你了，请赐给我勇气吧！

恐惧、仓皇、愤怒，一齐涌向小勇的心头，又很快化作泪水盈满了他的眼眶。双目朦胧中，他似乎看到了幻象：浮现在夜空中的那弯弦月，带着冷冷的光辉，缓缓地落在了自己的手心。小勇紧紧地握住手心的月亮。

为什么会愤怒？此刻充溢于内心的高涨的情绪到底是什么？

小勇听到有谁在心中叩问自己，有什么东西涌了上来。他再次质问自己：难道你忍心就这样看着白面包被杀死吗？

——不！与其看着白面包就这样被杀掉，还不如我自己死去!

等再次醒过神来时，小勇发现自己已经握紧木棒，冲进了混乱的战场中。

"啊啊啊——!"

他一边大喊，一边用木棒狠狠地砸向冲过来的一头野猪。

"滚开! 你们这些家伙都快滚开!"

野猪的脑袋、背上、腰上……小勇没有明确的目标，砸到哪儿算哪儿，只是拼命地挥舞着手中的木棒。

然而，被砸中的野猪丝毫没有退缩的迹象。相反，它们一次又一次地攻了上来。一头野猪绕后用强韧的鼻子别住小勇的腿，小勇一个跟跄，被甩了出去。他的肩膀重重地砸向地面，整个人摔在了地上。看到他躺在地上，另一头野猪迅速冲了过来，踩在他的胸膛上。小勇听到自己的肋骨发出嘎吱嘎吱的声音，他感到自己无法呼吸了。野猪伏下脑袋，亮出獠牙，湿热的气息呼到小勇的脸上。小勇下意识地用左手挡住脸。

下一刻，野猪咬住了小勇的整个手腕，一条恶心的口水顺着野猪的嘴巴淌了下来，小勇甚至能听到它下巴用力的声音。骨头被碾轧，被咬住的皮肤变得滚烫，他拼命地往外拽手腕。可是不管怎么努力，对方都没有一点儿要松口的意思。一阵愤怒涌上心头，小勇咬紧牙关忍耐着。

愤怒到极限，他甚至忘了对死亡的恐惧。被咬住的左手干脆握成拳头，也不管三七二十一，直接塞进野猪的喉咙。没想到，往外拽时纹丝不动的手臂此时竟可以轻松地活动，小勇的拳头一下子捣向野猪的喉咙深处。随着他一次次的努力，野猪紧咬的嘴巴也一点一点松开。

小勇的半个手臂都被野猪吞了进去，拳头直接抵在了野猪的气管上。野猪无法呼吸，最后不得不放松了对小勇的钳制。

这是机会！

小勇重新用右手攥紧木棒，狠狠地砸向野猪的脸。慌乱中挥出的木棒刚好打在它的眼睛上。

野猪的脑袋向后一缩，小勇的左胳膊彻底从它的嘴巴里抽了出来。然后，他用重获自由的左手死死拽住野猪的耳朵不让它逃窜，同时用右手抡起木棒朝着野猪的脸打了好几下。不知什么时候，野猪的眼珠被打瘪了，它痛苦地在地上打滚。

小勇挣扎着站了起来，用没有受伤的脚使劲踹野猪的肚子，并对准野猪张大的嘴巴，用尽全身的力气将木棒狠狠插入。他感觉到木棒捅穿了野猪的喉咙。

野猪的身体蜷成弓形，四肢在空中痉挛抽搐。

呼呼呼呼呼——

小勇耸着肩膀喘着粗气，用右手擦去飞溅在脸上的血珠。

白面包依然没有松开野猪老大的脖子，野猪老大踉踉跄跄，动作也越来越缓慢。

"我必须马上去帮白面包！"

小勇重新攥紧木棒，向围着白面包的其他野猪挥去。这一次，他的心中没有半点恐惧。不管是右脚扭伤的疼痛，还是左手被野猪咬破的疼痛，甚至心中的疼痛，他都感觉不到了，只是一轮又一轮地挥舞着手中的木棒。

在一次次攻击后，木棒的前端裂成斜面，几乎成了一柄刀刃。小勇把木棒贴在腰的位置，朝野猪老大硕大的身躯冲了过去。

嗷嗷嗷——

木棒如一柄长枪，硬生生插入了野猪老大的胸口。小勇将全身的重量都集中在手上，将木棒继续往前送。野猪老大硕大的身躯不断抽搐，长长的鼻子冲着天空，发出像警笛似的刺耳叫声。它的后肢再也无法支持自己，一弯折，庞大的身体咚的一声倾倒在地面上。依旧咬着它喉咙的白面包，在冲击力下被远远地弹开。

木棒笔直地插在野猪老大的左胸上。刚开始它还大口大口地喘着粗气，渐渐地只能从喉咙中吐出几丝微弱的气息。它的呼吸声一点点轻下去，与之相对，鲜血咕噜咕噜冒了出来。

野猪老大倒在了血泊之中，嘴巴无意识地一张一合，四肢在空中微微抽搐。随着最后一声微弱的喘息，它完全停止了呼吸。

不知道什么时候，其他的野猪都不见了。这片平地上再没有了动静。

白面包被抛在草丛中，就像一块破抹布。它艰难地挣扎着想站起来，但没有成功。小勇轻轻地抱起白面包。它的呼吸又浅又急，每次呼吸时，鲜血和肠子都会从破裂的腹部涌出来。

"白面包，白面包……"

听到小勇叫自己，白面包稍稍地动了一下尾巴。小勇把能够到手的艾蒿全拔了过来，使劲地揉碎，敷在白面包的腹部。

"怎么办，血止不住……"

小勇伸手探到白面包的后肢根部，想要检查它的脉搏。这是那天带白面包回家后妈妈教的方法。然而，他完全感觉不到它髋关节上的脉搏。这意味着白面包现在的心跳很弱。

泪水涌上了小勇的眼眶。

"白面包，你放心，我一定……一定会救你的!"

他把白面包抱在胸前，开始在树林里小跑起来。他忘了脚上的伤痛，忘了呼吸。很快，肋骨开始疼起来，咳嗽和胃酸一起涌到了嗓子眼儿。在疼痛的刺激下，泪花又冒了出来，唾沫止不住地流了出来。即使这样，小勇也没有停下奔跑的脚步。林中的杂草不断地拉扯他的双脚，横倒的枯木不断地挡住他的去路，他甚至不曾停下去分辨道路，只是一个劲地跑。

呼呼呼呼呼呼——

小溪在哪边？瀑布在哪边？从这儿能听见水声吗？

小勇打开全身的感官之门，希冀看透看不透的黑暗，听到听不到的声音。

锋利的草叶割伤了他的小腿，伸出来的树枝一次次抽打他的脸和胳膊，拦路的树干不时地撞在他的肩膀和胳膊肘上，藤蔓缠住了他的脚，尖尖的石头好几次戳到了他的脚踝。

呼呼呼呼呼呼——

为什么还看不见出口？为什么还听不见水声？

突然，小勇看见前方有一束光穿透密林落了下来。他紧紧盯着那束光，穿过树林，穿过黑夜。

光的那头是调弦瀑布，瀑布的前面是来时的登山道。斑驳腐朽的指示牌、行将断裂的绳索、裸露出红土的登山道，这些在此时此刻的小勇眼中，就好比一条干净的柏油马路，比他见过的所有的路都要可靠，都要令人激动。

白面包的呼吸一点儿一点儿地变弱了。

"再撑一会儿，白面包！不要死!"

11

去妈妈的宠物医院

从登山道上冲下来后，小勇看见了伫立在朝霞中的森园商店。

商店的玻璃窗还上着锁，窗帘也没有拉开，可小勇管不了那么多了，他上前使劲地拍打大门。

"婆婆，请开门！求您了，快点开门！"

他拍得那么用力，旁边的玻璃窗也不断晃动，似乎马上就会跳出来。他隐约听到里面的动静。接着，门里面亮起一盏灯。唰的一声，窗帘被拉开了，窗户里面是依旧睡眼惺忪的老婆婆。

老婆婆看见小勇的狼狈相，瞬间睁大了眼睛，发出啊的一声尖叫，又唰的一声迅速拉上了窗帘。

"求您了，求您开开门！救救白面包！婆婆，求您救救它！"

"你……你是昨天那个孩子?"

隔着窗帘，小勇拼命地点头。

"我在山上……美纳山上迷路了。我的狗，我的狗快要死了。"

老婆婆拨开窗帘的一条缝，露出一只眼睛谨慎地往外瞧，意识到小勇不像是在说谎，赶紧把门打开了。她让小勇进来，在日光灯下仔仔细细地打量他，越看越心惊。小勇身上的衣服已经被鲜血和汗水沾染得一塌糊涂，抱在怀里的白面包更是连肠子都漏了出来。

"老头子，快起来！老头子，老头子!"

老婆婆冲着房间深处大声吆喝。

"吵死啦！大清早的，你瞎嚷嚷什么?"

穿着睡裤的老爷爷一边挠着干瘪的肚子，一边打开了卧室的拉门。

"你快过来看！这孩子在山里遭大难了!"

老爷爷看到惊惶失色的自家老伴和浑身血迹的少年，脸色瞬间僵住了。

"小孩，你闯啥祸了?"

"哎呀，说了不是闯祸，是在美纳山上遇险了！"

"你说啥？那快叫救护车啊！"

看着慌慌张张的老爷爷和老婆婆，小勇摇了摇头。

"不，这些不是我的血。我没事。我们在山上碰见野猪，它为了救我快要死了。求你们快点带它去宠物医院，求你们了！！！"

"宠……宠物医院，什么宠物医院？比起狗，肯定要先救少爷你啊！"

"我没有受伤，一点事都没有。求你们，求你们救救白面包！"

小勇感到白面包的身体正在慢慢变冷。没有时间了，必须马上送去宠物医院！他害怕极了，如果老爷爷和老婆婆拒绝他的请求，白面包真的就回天乏术了。

"我妈妈在野一色镇的宠物医院里工作，请你们带我过去。"

"欸，你妈妈在那里？"

小勇赶紧拼命点头。

"小少爷，你自己真的没事吗？身上没受伤吗？不疼吗？"

"没受伤，不疼。"

"现在去那个宠物医院，真的能找到你妈妈？"

老爷爷最后又确认了一遍。

墙壁上的时钟指向早上五点半。妈妈现在肯定不在医院里，老爷爷似乎是误会了，不过此时此刻小勇也不愿多解释。

从老婆婆手里接过车钥匙，老爷爷从车库里开出一辆小卡车。他还穿着睡衣睡裤。

"快坐上来！"

坐在开往野一色镇的车上，小勇向老爷爷讲述了自己在山里迷路后，在防空洞里躲了一夜雨，却在下山途中被野猪群袭击的事情。

"美纳山看着温柔平静，其实危险着呢。它可是一座男山①。"

据说山也分男女，有些看着无害，实际上也无害；另有些看着无害，实际上却很危险。不过，老爷爷没有顺势对小勇说教，也没有询问他进山的理由。对于这一点，小勇格外感激。骑自行车过来花了好几个小时的路，一大早开车用不了三四十分钟。然而对此时的小勇来说，每分每秒都是那么难熬。他的怀里，白面包的呼吸越来越弱，越来越弱……

---

① 男山，险峻的男性般的山，是一种拟人的说法。

福元宠物医院位于野一色小镇的尽头。

医院是一栋两层楼的水泥建筑，看起来小巧又整洁。它的前面有一个停车场，可以停三四辆车。建筑的一楼用来看病，二楼住着医生。

"就是这里吗？你一个人能行吗？我看灯都还没亮呢。"老爷爷在停车场上刹住车，不放心地问小勇。

"能行。太谢谢您了，您帮了我大忙！谢谢！谢谢！"

小勇从车上下来，不住地点头致谢。除了"谢谢"以外，他想不出其他更多的词语。看着一脸担心的老爷爷，他一个狠心，往医院跑去。

小勇按了按大门上的门铃。一次，两次，医院里都没有反应。他不放弃，一直不停地按着门铃。

"来……来了……有什么事？"

对话器那头的声音听上去模模糊糊，对方显然还没有睡醒。

"我的狗要死了！求您，求您快救救它！"

对话器那边的人似乎感受到了小勇急迫的心情。一个人影从值班室里冲了出来。那是一个穿着晨练服的中年大叔。他一边开锁，一边迅速地往身上套白大褂。

这个眼镜都没有戴正的大叔，正是宠物医院的福元医生。

"啊，怎么回事？这是发生交通事故了吗？"

福元医生简直不敢相信自己的眼睛，交替着看小勇和他怀里的小狗。

"不是，它是被野猪的獠牙顶到了肚子。"

"野？野猪！这只小狗是猎犬吗？"福元医生带着难以置信的神色，问小勇。

小勇摇了摇头。

"前因后果等下再说吧，快跟我进诊疗室！"

福元医生把白面包放在诊疗台上，右手将听诊器放在它的胸上，左手小心地检查它身上其他的地方。他的脸色非常凝重，扶正戴歪的眼镜，翻开了白面包的眼睑仔细察看。就着墙上的一盏臂式灯，他又开始察看白面包被顶开的腹部。

"被野猪顶开腹部多久了？"

"两个小时……不，差不多一个半小时。"

"之前有意识吗？"

"有的，刚才还有意识。"

"刚才？刚才是什么时候？"

"唔……大概半个小时前，尾巴动了一下。"

福元医生手上的动作一直没有停，不断地抛出一个又

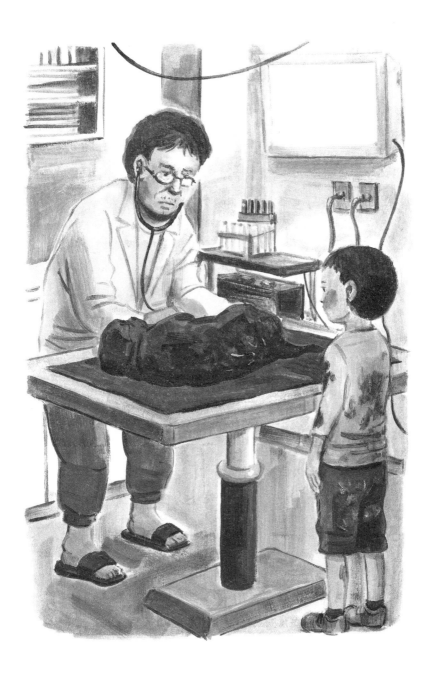

一个问题。他想看看白面包口腔里的情况，可不知道为什么，白面包的嘴巴闭得紧紧的。没有办法，福元医生只能扒开它的上嘴唇。一般情况下，白面包流了那么多血，牙齿肯定染成了红色，可它的牙齿却还是白的。

福元医生用纱布堵住它破开的腹部，为避免暴露在外的肠子干掉，还在纱布上倒了某种液体。

"小朋友，帮个忙。像我这样，把它的前肢紧紧抓住。"

小勇学着福元医生的样子按住白面包的前肢，前肢上的血管很快显现了出来。福元医生用酒精消完毒，朝着血管扎下针。他用管子把天花板上垂下的一个输液瓶和刚才扎的针连上，迅速开始输液。一滴、两滴、三滴……药水一滴滴地流入已无知无觉的白面包的身体里。

"白面包，能听见吗？你还好吗？"

"白面包？这是这只小狗的名字？它失血过多，现在处于休克状态。"

福元医生的额头上不断渗出亮晶晶的汗珠，这说明白面包现在处于非常危险的状态。

"你自己呢，你自己没事吗？你应该是一起被袭击了吧？那只手，是被野猪咬的吗？"

小勇看着自己的左手。是了，当时左手被野猪咬进嘴里，好在现在手上只剩牙印，血已经凝固，不再往外流了。

"我没事。"

"只被野猪咬成这样，算是很幸运了。"

为了保证自己咬住的猎物不会逃跑，野兽的牙齿都是向内长的。一旦猎物想强行往外挣脱，皮肤肯定会被撕裂。这一次小勇误打误撞，没有往外拽，反而向里捣，迫使野猪主动松口，是正确的做法。

在治疗白面包的间隙，福元医生给小勇的伤口消完毒，涂上防止化脓感染的药。

"不要紧张，这是给人用的药。看你现在这样子，真是遭了大罪啊。"

为什么大早上会被野猪袭击？为什么一个小学生抱着受这么重伤的狗？福元医生依旧不太明白到底发生了什么事。不过不管怎么样，现在最重要的是医治白面包。

"必须马上给小狗输血做手术，可今天是星期日，没有能帮忙的护士。"

"我来帮忙，请您允许我来帮忙！"

"你还是小学生吧？发生这样的事，你爸爸妈妈知道吗？"

"我叫矢野勇气，在这里工作的矢野日向子是我的妈妈。"

"欸!"

福元医生吃惊地叫出声来，目不转睛地看着小勇的脸。他走到前台，拨通了小勇妈妈的电话。小勇隐约能听见电话那头妈妈激动的声音，但完全不知道她在说什么。

"你妈妈一晚上没有睡，说现在马上赶过来。"

小勇点了点头。听福元医生说，妈妈甚至还报了警。可以想象，等一会儿自己肯定会挨妈妈和警察叔叔的骂了。

福元医生看着小勇快要哭出来的表情，重重地拍了一下他的肩膀。

"在你妈妈来之前，你来帮我吧。"

"啊……好!"

"不要磨蹭，马上准备小狗的剖腹手术!"

福元医生直接抬起整个诊疗台，把白面包移到手术室。小勇高举着输液瓶紧紧地跟在后面。福元医生把白面包正面朝上放到"V"形手术台上，还给它戴上了氧气罩，并把四根细绳索搭在它的四肢上。

"接下来，我们要把绳索和手术台上的环扣系在一起。"

小勇站在左边，配合着福元医生，将白面包左边的两只脚绑好。这样，白面包就成了一个漂亮的"大"字。福元医生又拿出一个袖珍手电筒，开始做瞳孔反射测试。

"用这个夹住脚趾。"

福元医生递过来一个金属的钳子，它看起来像剪刀，不过没有刀刃。这是做手术时专门用来夹肉或血管的工具。

"脚趾？白面包的脚趾吗？"

"难道你要夹自己的脚趾吗？前肢或后肢都行，速度要快！"

小勇一边疑惑，一边按照吩咐夹住了白面包前肢的脚趾。

"再使劲，多大劲都没事。我要检查它还有没有知觉，你别犹豫！"

"明……明白了！"

无论小勇怎么用力，白面包都没有半点反应，这意味着它现在没有知觉。与此同时，福元医生把电极板夹在了白面包四肢的皮肤上。电极板连着三色电线，和心电图仪器绑定。锯齿状的波形线条和心跳数伴随着搏动声呈现在了显示器上。

"情况很危急！"福元医生注视着波形图和数字，小声地说道。

此时，白面包的心跳和呼吸都很微弱，似乎随时都有可能完全停止。

"你去把药箱拿过来，放在架子上的那个红色药箱。"

小勇赶紧按照吩咐去找药箱。这个药箱里装的全是紧急情况下用的药物。

"先处理胸腔，再处理腹部。把肾上腺素的瓶子递给我，那是速效救心用的。"

小勇打开药箱，看到里面装满了长得几乎一模一样的玻璃药瓶。阿托品、多巴胺、多沙普仑、碳酸氢钠、泼尼松……小勇把一个个玻璃瓶都拿了出来，仔细察看药名。

到底是哪个？他急得不行，心脏扑通扑通地直跳，冷汗不断从后背冒了出来。

"你可以帮我的，速度快点！紧急治疗时必须快速、冷静，这是最重要的！"

"明白！"

一阵寻找后，小勇终于找到了福元医生要的那瓶药，递了过去。

福元医生立即用针把药打入白面包的身体里。很快，白面包的心跳数上升了，但是依旧不稳定。福元医生一边观察着显示屏，一边继续加入其他的药。

"它的体温太低。洗漱台下有空的瓶子，你去打点热水过来，我们要想办法升高它的体温。"

白面包的体温只有三十五度，只用加热垫没有用，要把热水灌在瓶子里贴在白面包的身边做暖瓶。

"它的呼吸快停止了，你把多沙普仑递给我！"

刚才找肾上腺素的时候，小勇把药品名及摆放位置都大致记住了，所以很快就找了出来递过去。

福元医生紧紧注视着白面包的胸膛，表情越来越凝重。

"不行，光靠氧气面罩不行，还是得用氧气管。"

一旦患者无法自主呼吸，就需要使用人工呼吸器将氧气输入体内。此时的白面包就面临着这种情况。

角落的架子上摆着各种各样的粗管子，福元医生取过一条像弓一样弯曲的管子，开始做准备。手术台旁边就摆着人工呼吸器。

福元医生摘下白面包嘴上的氧气面罩，试图掰开它的嘴巴。可白面包的嘴巴依旧紧紧闭着，怎么也掰不开。它此时明明没有意识，嘴巴却像被螺栓拧紧了似的。

"不行啊，掰不开它的嘴。"

福元医生卷起袖管，双手分别抓住白面包的上颚和下颚，咬紧牙关，使出浑身的力气，一点点掰开它的嘴巴。终于，掰开了一条缝。福元医生往里察看，突然停下了动作。

"这可真是奇了!"

福元医生睁大眼睛,不由小声惊叹。他迅速拿来镊子,夹出白面包嘴巴里的东西,然后清理它的口腔。

"你把喉镜拿过来,就在那边的橱柜里。"

橱柜中满满当当地摆着各种器具,小勇一时分不清哪个是喉镜,只听到福元医生的声音更加急切了。

"呼吸停了!快点!在倒数第二层格子上,左起第五个,前端像刮刀的那个!"

"好……好!"

福元医生用自己的嘴衔着白面包的鼻尖,向里面吹气。那是人工呼吸。

此时此刻,手术室就是战场。

随着空气的输入,白面包的四肢跟着抽搐了几下。小勇赶紧把喉镜递了过去,福元医生用喉镜把气管插进白面包的口腔中。白面包长长的舌头从嘴巴中垂了出来,泛着死气沉沉的黑紫色。为了防止白面包在无意识中咬坏气管,福元医生用一个咬块塞在它的嘴巴里。气管和旁边的人工呼吸器连上,开始呼呼呼地强制给白面包输送氧气。白面包的胸腔又开始有力地起伏起来。

"一定要坚持住。白面包,你肯定会没事的!"

小勇在旁边不断叫着白面包的名字，白面包的右脚微微地抽动了一下，似乎在回应他。随着氧气的不断输入，白面包的舌头慢慢恢复了红色。

　　突然，前台大厅的门打开了。一阵脚步声焦急地闯了进来，快速地接近手术室。

　　是妈妈!

12

真正的勇气

"小勇!"

妈妈的头发很凌乱，眼睛里布满血丝，看上去就像恶鬼一样。小勇本能地缩了一下身体，他料想到妈妈肯定会狠狠地骂自己、打自己。

"要打要骂等一下再说！矢野，你快点换上护士服，我们给这只小狗做剖腹手术！"妈妈的手刚按住小勇的脖子，就听到福元医生开口了。

她的怒气立刻像气泡一样消散在半空中。一看到手术台上的白面包，她立刻就明白了此时事情的紧迫性。她飞快地小跑着去更衣室换上护士服，一分钟没到又出现在了手术台边上。她的头发已经扎起来，藏在护士帽中，粉红色的护士服贴在身上，脸上的神情沉着又冷静。这是小勇在家里从来没见过的妈妈。

"现在开始给小狗剃毛和消毒。"

妈妈一边说着，一边迅速地准备消毒液、推子和剃刀。她的动作快速且沉稳，即使是看到露在外面的小肠也没有半分犹豫。她灵巧地使用剃刀，眨眼间就把白面包腹部上的毛都剃干净了。她给撕扯开的伤口用酒精消完毒后，又涂上了手术用的药物。这些动作，全部都是在转瞬间完成的。

妈妈的手简直就是魔法师的手！

"不好，用止血剂也止不住流血。矢野，快准备输血！"

妈妈根据福元医生的指示，闪身到里屋拿出冷藏的血包，并开始测试白面包与输血血包的匹配度。确定匹配后，她马上挂好输液架，接上白面包的身体，开始输血。输液管开到了最大，红色的血液畅通无阻地流进了白面包的身体里。

躺在手术台上的白面包身上插满了管子。福元医生交替着观察显示屏上的数据和白面包的身体。小勇知道，此时此刻，任何一丝一毫的生命体征的变化都不能错过。

"准备血管升压素!"

"明白!"

妈妈迅速从药箱中拿出一只玻璃瓶,按照福元医生的指示准备好适当的剂量,并加入输液瓶中。这是为提高白面包血压的药物。

"现在开始洗手消毒。矢野,你辅助我!"

福元医生身上只剩一件T恤衫,他一边迅速地戴上口罩和帽子,一边给妈妈下达指示。

从手指尖到手肘,每一个角落都要用消毒液仔仔细细地洗过。这是手术前的准备。然后,妈妈帮福元医生穿上绿色的手术专用服,最后戴上橡胶手套。

"除颤器也要准备吗?"

"嗯,准备吧。"

福元医生同意了妈妈提出的建议。除颤器是用电击方法刺激心脏跳动的仪器,因为白面包的心跳随时都有可能停止,为防万一,需要提前准备。

"现在我也开始洗手消毒。"

帮福元医生准备完后,妈妈马不停蹄地又开始了自己的消毒工作。作为助手进入手术室,这道程序必不可少。不管在手术前还是手术中,都容不得任何的马虎。

手术刀、手术剪、针、大大小小的手术钳、缝线针……手术台上整齐地摆着一排器具，全部散发着冰冷的银光。

一块绿色的布盖在白面包的身体上，只在腹部开了一个洞。从小勇的角度，他只能看到白面包的脸。

妈妈用手术专用灯对准白面包腹部上的伤口。福元医生看着彻底暴露出来的伤口，脸色彻底阴沉了下来。伤口比预想中的还要深。

"现在开始剖腹手术。给我手术刀！"

福元医生和妈妈。

医生和护士。

手术室里只有这两个人平稳的呼吸声。等福元医生接过手术刀，妈妈的左手又马上拿起纱布，右手则攥着手术钳。手术刀在白面包的腹部游走，鲜血很快从剖开的皮肤中渗了出来。妈妈迅速用纱布堵住，并用手术钳的前端夹住出血口。她的手指灵巧地一转，就止住了不断出血的口子。这是她在福元医生下达指示之前身体做出的本能反应。

"生命体征怎么样？"

"心跳65，血压59，体温36.3。"

妈妈一边注视显示屏，一边迅速回答。

"血压还是太低，但从它的受伤程度来说已经不容易了。真是了不起的生命力!"

白面包的身体还在不断地涌出血液,现在必须马上找到肠子里的出血点。止血,刻不容缓。

小勇站在白面包的枕边,面色僵硬。

"我……我能做什么吗?"

妈妈戴着口罩,神情严峻地盯着小勇。

"手术已经开始,我和福元医生会尽一切可能抢救这只小狗。从现在开始,你什么都做不了。"

清洗剖开的腹部,绑上破裂的血管,摘除部分受伤的肠子后再缝合,还要检查白面包的肝脏和其他器官有没有受伤。

"你去手术室外祈祷吧!"

妈妈的口气非常严厉。这里是妈妈和福元医生的战场。小勇觉得自己看到了妈妈在家外面真实的样子。

小勇被赶出了手术室。手术室外只有自己一个人,不安几乎要吞噬了他。之前一直被遗忘的右脚脚腕上传来钻心的疼痛。手术室外的走廊连着前台,那里有一面大镜子。清晨的阳光从窗口射了进来,小勇看到镜子里映照出自己此时的样子。他的衣服上都是血,脸颊上糊着泥土以及杀野猪时溅上的鲜血,看上去一塌糊涂。

真是狼狈极了……

小勇使劲地用指甲把脸颊上凝固的血块刮了下来。他浑身都没了力气，瘫软着坐在了沙发上，眼睛不时地看向手术室。手术室门口那盏红色的灯一直亮着，和白面包鲜血的颜色重合在了一起。

在门的那一边，白面包还在继续战斗。这一次，它的对手不是野猪，而是死神。滚烫的泪水从小勇的眼眶里源源不断地涌了出来。

时间一分一秒地过去，非常漫长。

神啊。

小勇在心里真诚地祈祷着。

在此之前，我从来不相信您的存在。因为不相信您的存在，所以被晃太郎他们欺负的时候，我也从来没有向您祈求过。但是现在，我愿相信您的存在。

如果您真的存在，请您实现我的愿望吧。

我只有一个愿望，只有一个。

白面包还只是一条小狗，它那么小，比我还小。它被人抛弃了，所以总是吃不饱饭。而且最后的最后，是我抛弃了它。即使是这样，它仍拼了命地保护我。

求您了，求您保佑白面包！

只要您保佑白面包，我保证以后都会做个好孩子。我会乖乖地听妈妈的话，会帮她做家务，会更努力地学习。我保证，以后我会打扫厕所，再也不挑食了。

这是我这辈子唯一的愿望，求您，求您实现它。

救救它！

救救它！

救救它！

救救白面包！

白面包……它是我的朋友、我的伙伴、我重要的家人！

神啊，求求您！

求求您……

手术室的门缓缓打开。

泪水朦胧中，小勇看到了福元医生和妈妈的身影。他像弹簧一样从沙发上跳了起来，向两个人冲过去。

"医……医生，白面包怎么样？"

福元医生的脸上满是疲惫，他摘下手术帽和口罩。小勇看到他的脸上都是汗水，头发乱糟糟地趴在脑袋上。

"对不起，我没能救活它。"

福元医生对着小勇深深地鞠了一躬。

不是，这肯定不是真的！白面包怎么会死呢！

小勇用恳求的目光看着妈妈的脸。妈妈垂下眼睛，轻轻地摇了摇头。

"骗人!"

小勇从两个人中间挤过去，向着手术室冲过去。心电图停了，人工呼吸器也没在运作，各种各样的管子还缠在白面包的身上。小勇靠近白面包。

"白面包，白面包，快醒醒! 你是在骗我吧，你不是连野猪都打败了吗? 你是神之子，你是住在寿贺玉神社的神之子，你怎么可能会死呢? 你是神的孩子，你怎么会死?"

他一边大声地呼喊，一边猛烈地摇晃白面包的身体。

福元医生用双手制住小勇的肩膀。

"小勇，你冷静些，我们安静地送它走吧。它很了不起，完成了一场很壮烈的战斗。看到它身体上的伤时，我就明白了。"

白面包小肠上的血管都裂开了，肝脏也裂了，不管是用电动手术刀、止血钳还是用缝合线，都止不住它的出血。输血的速度跟不上出血。

"不可能! 不可能! 不可能! 你们骗我!"

福元医生想把小勇从白面包身边带走，小勇却激烈地反抗起来。

"这只小狗的求生欲很强，它在手术中已经尽了最大的努力。够了，就让它好好安息吧。你作为它的主人，现在能做的就是静静地送它离开，这也是你的义务。"

"我跟它保证过的……我跟白面包保证过的，我们要像家人一样生活在一起，要永远生活在一起……"

白面包的身体还是柔软温热的，它的舌头还是红色的，它怎么可能死了呢？它只是累了，只是睡着了而已。

"福元医生，我的血……我的血能用吗？血不够的话，就抽我的血！全抽完也没关系，求求您，用我的血去救它！"

"够啦，你给我适可而止！"

妈妈突然狠狠地抽了小勇一个耳光。响亮的声音回荡在整个医院里。妈妈使的力气太大，小勇踉跄了一下，撞在了墙壁上。

"难过的不止你一个！救不了这只小狗，福元医生和妈妈比你更痛苦！比你更不甘心！比你……比你更愧疚，你为什么就不明白！"

妈妈的声音尖厉且吓人。

"这只小狗尽力了，你也尽力了，福元医生和妈妈也都尽力了！我们拼尽了所有的努力！但是，结果是残酷的。我也不愿意承认这就是它的命运，但是有什么办法呢？这是没有办法的事情！这个世界上有很多你无论如何都不愿意承认、不愿意接受的事情！"

小勇捂着脸颊，感觉浑身上下没有一点力气。

"你……你到底干什么去了？你知道我有多担心吗？笨蛋！"

妈妈大声地吼着，使劲捶打小勇的胸膛，滚烫的泪水止不住地从她的眼睛里涌出来。

哭声中，小勇隐约听到远处传来的警笛声。

小勇和妈妈一起坐上了警车，内心还是有些茫然失措。在派出所里，好几个警察叔叔关切地围过来，看到他没事都很高兴。

原来自己真的给很多人添了麻烦，小勇想。

妈妈，对不起！

森园商店的老婆婆和老爷爷，对不起！

福元医生，对不起！

自己现在能做的，只有道歉。小勇甚至都没意识到是什么时候离开派出所的。等他稍微回过神时，发现自己已经和妈妈一起走在回家的那条小路上了。他还是怔怔的，走在路上，双脚似乎都不属于自己。

好累啊……好想现在就去睡个昏天黑地，然后把所有的事情都忘记。如果一觉醒来，昨天和今天发生的事情都能够被抹去的话，那该有多好啊！

小勇也知道这是不可能的事情，可仍忍不住地在心里这样祈祷。

回到家，他躺在床上，眼泪就像关不上的水龙头一样哗哗地流出来，流啊流，怎么都停不下来。

第二天是星期一。小勇请了病假没去上学。他身上确实有很多伤，但请假的真正原因是去接白面包。

早上，他和妈妈一起去了福元医生的宠物医院。

白面包躺在诊疗室的一个箱子里睡着了，身上的血都被擦干净了，裂开的腹部也被仔细地缝合上了。它的表情看上去是那么安详恬静，根本看不出已经死了。

小勇向福元医生鞠了一躬。

"你遇到了一只很棒的小狗。"福元医生轻轻地安慰道。

不哭，绝对不哭。所有的悲伤都在昨天与泪水一起流走了。要笑着来见白面包，要笑着送它去天堂。来之前，小勇就已经下定了这个决心，也向妈妈保证过的。

"白面包虽然是一只野狗、一只小土狗，但确实很棒。"

"小土狗？你误会了，它不是小土狗，它是斗牛獒。"

"斗牛……"

"是战斗犬的孩子，由斗牛犬和獒犬交配而成的犬种，血统纯正。"

福元医生从书架上拿出一本狗类图鉴手册，翻到其中的一页，上面是成年斗牛獒的照片。据说这种犬出生在英国，脸长得一点儿都不好看，塌鼻子，上嘴唇耷拉着，但身体肌肉紧实，健壮威武，勇猛中带着一丝可爱的憨厚。

"传说獒犬在古罗马时代可以和狮子一战。而且，它对主人非常忠诚，不管对手是多么强大的敌人，从来都不会畏惧，是非常勇敢的战士。"

小勇简直不敢相信自己的耳朵，福元医生接着问："白面包是这样的吧?"

福元医生还告诉小勇，那天白面包之所以死死咬紧牙关不松开，是因为嘴巴里还噙着从野猪老大喉咙处咬下的一块肉。

"为了保护主人战斗到底，真是执着啊。战斗犬伟大的基因流淌在这只小狗的身体里。"

小勇的眼眶发热，眼泪止不住地流了出来。

"我……我虽然只当了它很短时间的主人，但是……但是我真的很自豪。"

妈妈，那天我把白面包捡回家，你说它就是一只小土狗。不，你说得不对。白面包是世界第一的名犬，和比赛没关系，和血统没关系，它是世界上最好的狗。

小勇默默地在心里说。

听过福元医生的话，小勇才知道还有宠物陵园。

"我能给白面包举办葬礼吗？费用就从我的零用钱里出。"小勇问妈妈。

作为白面包的主人，他希望能为白面包做所有能做的事情。福元医生向他介绍了一个宠物陵园，就在从野一色小镇坐电车两站远的地方。

在最后告别之前，小勇想给白面包准备一些它喜欢的东西。第一个浮现在脑海里的，是吐司面包。妈妈告诉他附近有一家很好吃的面包店，虽然不顺路，但他们还是特地过去了。小勇希望能给白面包最好的东西。最后，他买了一斤刚烤好的吐司面包，面包热气腾腾，散发着好闻的黄油香味。

从陵园还可以望见美纳山。小勇抬头，看到蔚蓝的晴空万里无云。

梅雨季结束了。

他和白面包作最后的告别。在和尚的诵经声中，妈妈和小勇分别将一束花和一包吐司面包放进了白面包的小棺材中。

"白面包肯定会很高兴的。"

妈妈看着小勇把面包放进去，把手搭在了他的肩膀上。小勇点了点头。

白面包的神情很祥和，安静地睡在小棺材中。身旁是花束和面包。

"对不起，白面包，让你和别人共用墓地。不过也好，这样你就不会寂寞了。"

这是一场肃穆的送别会，只有小勇和妈妈两个人参加，背影音乐是肖邦的《小狗圆舞曲》。小勇闭上眼睛，似乎又看见了白面包活泼的身影。随着旋律，他的手指开始敲击想象中的键盘。白面包也在他脑海中迈开轻快的步伐，愉快地跳跃着。那是属于它的华尔兹舞曲。

在火葬场等了两个小时，小勇拿到了白面包的骨灰盒。现在，白面包已变成了白色的粉末。

回到野一色小镇已经是傍晚了，小勇和妈妈并排走着。妈妈的侧脸在夕阳中泛出白色的光芒，看起来比以往任何时候都要严肃。

小勇想到一个他很早就想问的问题。

"妈妈，你为什么会选择成为宠物护士？"

"怎么突然问这个？"

妈妈有些吃惊地看着小勇。

"一直想问，一直没能问来着。"

"唔……大概是我小学六年级吧，跟你差不多大的时候，有一天，我捡到了一只没人要的小狗，却被你外婆扔了。"

"欸？真的？"

"真的。你别看外婆很慈祥，她一直不喜欢小动物呢。不管我怎么求她，她都不答应我。那只小狗和白面包一样，也是黑色的。我一路走一路哭，最后把它扔到了公园里。可是第二天经过公园前的马路时，我看到那只小狗被车子撞死了。"

妈妈的脸上满是悲痛。估计就算是小勇去求，那位慈祥的老人也不会同意养小狗的吧。

"其实妈妈更想成为兽医，但是脑子没有你聪明，学习一直不好。到了高中，我终于认清了现实，最后放弃了成为兽医的梦想。但梦想不愧是梦想啊。即使后来逃避现实，选了较为轻松的人生道路，结果还是怎么都放不下。所以我就想，宠物护士的话，努努力应该是可以的吧，所以又拼了一把。"

原来在自己忽视妈妈的那段时间里，妈妈已经改变了许多。小勇看着妈妈的脸。

拐到稻田边，清凉的晚风从美纳山吹了过来，在母子二人的脸颊上流连了一会儿后，又滑向了广阔的稻田。齐膝高的新结的稻穗，就像被一张琴弓抚摸过一般，飒的一声低下了头。

"真舒服啊！"

妈妈张开了双臂。

"小勇，快看，好漂亮的星星！"

澄明的夜空中有一颗颗亮晶晶的星子。

"哇，真美！"

小勇想起自己那晚在美纳山上一边颤抖一边看到的星星，那些星星竟然和今晚这些满天的繁星是相同的，真是令人难以置信。暗沉的星子、明亮的星子，白色的星子、晕黄的星子、红色的星子、蓝色的星子，成群结队挨在一起的星子、孤高冷清独自闪耀的星子。城市的灯光暗了，天上的星子变得更加耀眼。小勇看着这些美丽的星子，都舍不得眨一下眼睛，仿佛下一秒自己就会被吸进夜空中——这些美丽的星子啊，就是一座真实的天文馆。

"小勇，你看夜空像不像电影银幕？"

"确实有些像呢！"

听到妈妈的话，小勇也点了点头。

无数的星子在夜空中竞相闪烁，不断绽放着光彩。除了那些耳熟能详的星座，还有许许多多无名的星子，它们

都是广阔宇宙中美丽的成员。所有的星子啊，请都尽情闪耀吧！

突然，一颗星子从夜空中划过。

"啊，流星！"

小勇和妈妈异口同声地喊道。

流星拖着长长的尾巴，晃动着星星的音符，变模糊，消失了。

"消失得好快啊！都没有时间许愿。"

"妈妈，你的梦想是什么?"

"嗯，房子！妈妈的梦想是拥有属于咱们自己的房子。小勇，即使中不了彩票，咱们也要买房子，买一栋带院子的房子，好不好?"

"可是咱们没有钱……"

"没事。只要妈妈很努力、很努力地工作，以后肯定会有钱的。你不要担心。另外，前几天电视里也说了，有钱不一定会幸福。"

"哈哈，这听起来就像穷人的自我安慰。"

"才不是自我安慰呢。你要相信妈妈，妈妈一定会加油的!"

妈妈双手握紧拳头，用力地向空中挥了一下。

看着妈妈坚定闪耀的笑脸，小勇想：世界上有很多人，虽然没有钱，但确实过得很幸福呢。

"人真的会改变，就像妈妈一样，对吧？"

"那当然了。不管是变好还是变坏，只要是人，总会变的。到底变成怎样，那就要看每个人自己选的路了。"

妈妈再次仰望星空，深深地吸了一口气。

"前天晚上小勇不见时，妈妈找了好久好久。学校、公园、神社，所有能找的地方都去找了。我还去了你那些同班同学的家里，和你关系最好的辽介的家，我也去了。"

"辽介……"

小勇的表情瞬间僵住了。

"妈妈跟他说你不见了，他担心得不得了。他帮我一起在镇上找你，一直找到很晚呢。"

"真的吗？"

"找你的时候，辽介一直在说：'那家伙比我厉害很多，强很多，他一定会没事的！'他一直在鼓励妈妈。小勇，你有一个很好的朋友呢。幼儿园时，你是个爱哭鬼，从那时起，辽介就一直很护着你。还有，他最后让我跟你说一声，他觉得很对不起你。"

……谢谢你，辽介。

小勇觉得自己的内心深处似乎也有什么东西变了。他突然停下脚步，妈妈用力地拍了拍他的肩膀。

"小勇，从今天开始，你也要改变哟。"

"欸?"

"你的名字，可是叫'矢野勇气'呢!"

如果说从今往后，自己的人生真的可以改变，那一定是白面包的功劳，小勇想，白面包就像一颗彗星，短暂地出现在自己的生命里，却永远地留下了耀眼的光芒。即使今后再也看不见它的身影，那束光芒也将永远照亮自己的心。

从今往后，再也不能像以前那样萎靡不振! 绝不能被那些事情打倒，否则肯定会被白面包笑话的!

小勇抬起头，和妈妈的目光相遇。

"小勇，明天你去学校吗?"

"当然要去!"

小勇大声地回答。

妈妈微笑着伸出右手。

"跟妈妈手牵手回家吧!"

小勇稍稍犹豫了一会儿，握住了妈妈的手。

上一次和妈妈手牵手，是多少年前的事情呢? 他都记不清了。妈妈的手看起来大，但很纤细;明明很纤细，但又很可靠。

妈妈的手，温暖的手。

后　记

长洲实月

　　我一直在旅行。

　　在遥远的未知街道上行走探索，是我喜欢的；在熟悉的周边小镇里悠然散步，也是我喜欢的。或许有人会问，这也算旅行？对我来说，只要能有新的发现、有新的邂逅，那么就可以称之为旅行。

　　就是在这样日常的旅行中，我发现了一粒种子，它后来孕育发展成了《小狗白面包》。主人公小勇所看见的景色，其实就是我生活的小镇上的风光。在这个小镇上，小勇一直在寻找看不见的出口，几度迷茫，之后在一只偶然遇见的小狗身上获得了莫大的勇气，最终在黑暗中找到了出口。

时隔许久，我又去爬了一趟山，它就是故事中美纳山的原型。正值凉秋，我站在瞭望台上，向上看，是万里无云的湛蓝天空；往下看，是正在收割的广袤稻田。记得上次过来时，稻田还只是一眼望不到头的绿色，这次却有了黄色、褐色组成的鲜明纹理，大地仿佛成了一块缀满手工补丁的拼布。天空、土地、空气、香气，以及色彩，大自然似乎要调动所有元素，将时光流逝、季节转换以故事的形态表现出来。

人们也常将看书比作旅行，那是因为在看书的过程中我们可以在故事的世界中游走。只要打开书页，就能抵达一个未知的全新世界。这段旅行或许会让人笑，或许会让人哭，或许是快乐的，或许是悲伤的……所有人，都在旅途。

阅读这本书的小朋友，我希望你可以借由它展开一段小小的心灵旅行。如果在结束这段旅行后，你能够见到与昨日不同的风景，那么作为写出这个故事的作者，我将感到无比喜悦。

最后，衷心感谢选拔委员会的今江祥智老师、长田弘老师、鹭田清一老师。惊闻今江老师和长田老师突然过世，我内心悲痛万分。两位老师一路走好，愿逝者安息。

179

　　另外，万分感谢中电儿童文学奖的相关工作人员与给予重要支持的福勒贝尔馆出版社编辑部的本庄玲子小姐和渡边舞小姐，以及为这个故事绘制了如此精彩插图的吉田尚令老师。谢谢你们！

SHOKUPAN NO WALTZ
Text Copyright © CHUDEN FOUNDATION FOR EDUCATION 2016
The original author is MITSUKI NAGASU
Illustration Copyright © HISANORI YOSHIDA 2016
First Published in Japan in 2016 by Froebel-kan Co., Ltd
Simplified Chinese language rights arranged with Froebel-kan Co., Ltd., Tokyo, through
Bardon-Chinese Media Agency
All rights reserved.
版权合同登记号：图字：11-2018-266号

图书在版编目（CIP）数据

小狗白面包/（日）长洲实月著；（日）吉田尚令
绘；陈圆译.—杭州：浙江文艺出版社，2022.1
ISBN 978-7-5339-6214-2

Ⅰ.①小… Ⅱ.①长… ②吉… ③陈… Ⅲ.①儿童
小说—中篇小说—日本—现代 Ⅳ.①I313.84

中国版本图书馆CIP数据核字（2021）第248293号

小狗白面包

作　　者：[日]长洲实月
插　　图：[日]吉田尚令
译　　者：陈　圆
责任编辑：邵　劼　沈　逸
装帧设计：徐然然
责任校对：许红梅
营销编辑：张恩惠
出版发行：浙江文艺出版社
地　　址：杭州市体育场路347号
邮　　编：310006
电　　话：0571-85176953（总编办）
　　　　　0571-85152727（市场部）
制　　版：杭州天一图文制作有限公司
印　　刷：浙江超能印业有限公司
开　　本：880毫米×1230毫米　1/32
字　　数：101千字
印　　张：5.875
版　　次：2022年1月第1版
印　　次：2022年1月第1次印刷
书　　号：ISBN 978-7-5339-6214-2
定　　价：36.00元